Erste Auflage

Satz und Herausgabe:
Carma Conrad

Dieser Titel ist auch als
E-Book erschienen.

Verlag: BoD · Books on Demand GmbH,
In de Tarpen 42, 22848 Norderstedt, bod@bod.de
Druck: Libri Plureos GmbH, Friedensallee 273,
22763 Hamburg

Carma Conrad

*O*ma Thiel

*S*pieleabend

mit

*M*ordsgefühlen

Buch 4

Prolog

Das neue Jahr 2025 hat begonnen.
Das alte Jahr ist noch warm, apropos
warm, es stirbt jemand,
und noch jemand.
Der eine ist noch nicht mal unter
der Erde, da passiert schon wieder
etwas.
Die älteren Herrschaften fragen sich:
„Ist es Mord, oder gar das Alter?"
Während Oma Thiel sich noch nicht so
viele Gedanken darüber macht, weil sie
Glücksgefühle hat,
sagt sich Else:
„Das sind keine *Glücksgefühle,*
sondern, *Mordsgefühle*".
Dessen war sie sich sicher.
Außerdem will Else rausbekommen, was
es mit dieser Uschi auf sich hat. Sie will
angeblich die Zukunft in einer Kugel
sehen.
Else war sich sicher:
Wenn du in einem Alter bist, bereust du
nicht die Fehler, die du gemacht hast,
sondern nur Fehler, die du nicht
gemacht hast!

Also Attacke!

Kleine Anmerkung.

Man kann jedes Buch für sich lesen.

Um aber die Charaktere besser kennen
zu lernen,

wird empfohlen,

mit dem Buch eins anzufangen.

Die Geschichten bauen aufeinander auf.

Danke und viel Spaß!

Oma Thiel

Durcheinander

„Aua," rief Oma Thiel laut. „Wieso ist
denn hier so ein Durcheinander?" Sie
stieß sich den Fuß an einer Kiste, die

mitten im Bad stand. Da sie barfuß und noch verschlafen ins Badezimmer ging, traf es den kleinen Zeh.

Sie rieb ihn, damit der Schmerz nachließ. Sie sich auf die Toilette, rieb aber beim Wasserlassen weiter ihren Zeh. Als sie aufschaute, ließ sie einen kleinen Schrei los:

„Ahhhhh!" In der Dusche und in der Badewanne stapelten sich Kisten. Sie beendete ihren Klovorgang und raste in Elses Zimmer, ohne anzuklopfen. Else schlief auf dem Rücken, ihr Mund war geöffnet. Dabei kam ein Röcheln, so ähnlich wie schnarchen, aus ihrem Mund. Kleine Bläschen bildenden sich in ihrem Mundwinkel.

Sie hatte ihre Zähne nicht im Mund, sondern im Glas auf ihrem Nachtisch. Oma Thiel schlug die Bettdecke von Else zurück und rüttelte sie mit den Worten wach: „Else, was soll das?" Da Else allerdings aus dem Tiefschlaf gerissen wurde, war sie ein klein wenig durcheinander.

„Wath it los, wo brenht es?" Erst jetzt bemerkte sie Elfriede und dass sie keine Zähne im Mund hatte.

Während Oma Thiel die Vorhänge aufriss, steckte Else schnell ihre Zähne in den Mund.

„Was ist denn los, brennt es irgendwo, oder was?", fragte sie jetzt etwas deutlicher, mit Zähnen im Mund.

Ihre Freundin stand am Fenster, die ersten Sonnenstrahlen schienen hinter ihrem Rücken, an ihr vorbei, auf Elses Bett. Elfriede hatte beide Hände in die Hüften gestemmt. Sie sah richtig bedrohlich aus.

„Warum stehen lauter Kisten im Badezimmer? Dann noch in der Wanne und in der Dusche. Wie soll ich denn die nächsten vier Wochen duschen?"

Else setzte sich auf die Bettkannte, mit den Worten: „Ach so, und deshalb weckst du mich? Ich wusste nicht wohin mit den Umzugskisten, deshalb habe ich sie erst einmal dahingestellt."

Sie schlüpfte in ihre Pantoffeln, erhob sich,

schaute Elfriede an und meinte: „Ich habe Feuchttücher geholt, damit kann man sich auch waschen."

Sie verließ das Schlafzimmer und schlurfte nach draußen.

„So geht das aber nicht, ich kann mich doch nicht die nächsten Wochen mit Feuchttüchern abwischen. Und was ist mit den Haaren?
Daran hast du nicht gedacht, was?" Sie lief Else hinterher. „Doch habe ich, ich habe Trockenshampoo gekauft, steht auch im Badezimmer, neben den Feuchttüchern."
„Was, das kann doch nicht wahr sein! Die Kisten müssen da weg. Vor allem neben dem Klo. Ich habe mir schon den kleinen Zeh an der Kiste gestoßen, das geht gar nicht."
Sie stand im Türrahmen und zeigte mit dem Finger auf eine Kiste.
„Dieses ganze Durcheinander," meckerte Elfriede noch hinterher.
„Ja, ja, ist ja schon gut, ich sage Heinz Bescheid, er soll sie erst einmal in seine Wohnung schaffen."
Dann machte Else die Badezimmertür vor Elfriedes Nase zu.
Elfriede zog ihren Morgenmantel etwas enger und marschierte die Treppen runter, um mich anzurufen.

Wer sind wir denn eigentlich:

Oma Thiel – Elfriede (77)
Werner Thiel, geb. Spinner ist ihr
Ehemann und wohnt noch in der
Seniorenresidenz Glückseligkeit, die ihm
zur Hälfte gehört.
Die andere Hälfte gehört Elfriede. Er hat
dort eine Suite.
Im Haus von Oma Thiel wohnt Else (80)
als Mitbewohnerin und Heinz (79) wohnt
im Souterrain des Hauses.
Die Kinder von Werner sind: Kathi mit
Sohn Nico und Freund Ole. Er ist
Architekt und neben Nico gibt es noch
einen gemeinsamen Sohn, Leopold, wird
aber mit Leo angesprochen.
Der Sohn von Werner, Mike, wohnt in
den USA und ist Chirurg im
Krankenhaus.

Oma Thiel hat drei Kinder.
Manfred, verheiratet und eine Tochter,
Nele.
Kai lebt mit seinem Mann auf Mallorca.
Sie führen eine Kneipe.
Betty, getrennt lebend, mit Sohn Nils.

Und meine Wenigkeit, Conny. Ich bin die gute Seele, eine Freundin und der Schutzengel der Familie.
Ich bin auch diejenige, die hier alles aufschreibt. Mein zartes Alter ist (68)

*

Mein Telefon klingelte. Am Klingeln (Oma Thiel hatte den Klingelton, du schaffst das schon von Klubbb 3,) konnte ich schon erkennen, dass es nur Oma Thiel sein konnte, so war es dann auch.
„Hallo liebe Conny, ich wollte doch mal fragen, wie es dir so geht? Kannst du dich schon wieder besser bewegen?"

Ich hatte meinen guten Vorsatz für das Jahr 2025 gleich richtig umgesetzt und mir im Ästhetik – Centrum Bochum, bei Dr. Kapalschinski, meine Winke Arme, also Oberarme und meine Oberschenkel straffen lassen. Da ich mich auf Grund einer Empfehlung einer anderen Ärztin für diese Klinik entschieden hatte. Das nette Personal und die Kompetenz des Arztes. Beides gab mir das Gefühl, dass ich gut aufgehoben war.

Die sehr guten Bewertungen im Internet gaben mir die Sicherheit.

Am Tag der OP lief alles perfekt ab, wie bei einem eingespielten Team. Keine Hektik, alles sehr ruhig. Obwohl ich nicht die Einzige war, die an diesem Vormittag operiert werden sollte, strahlten die Schwestern eine beruhigende Gelassenheit aus.

Dr. Kapalschinski kam gut gelaunt zu mir und malte alles auf meiner Haut an, was überschüssig war.

Ich war tiefenentspannt, als ich dann in die Narkose schwebte.

Nach der OP habe ich mit einem Staubsauger im Bett geschlafen, der eine angenehme Wärme unter meine Decke blies.

Immer, wenn jemand nach mir schaute, um zu sehen, ob alles in Ordnung war, blinzelte ich durch meine halb geschlossenen Augen und tat so, als wenn ich noch schlief. Ich wollte dieses Wärmegefühl so lange wie möglich nutzen. Morgens um 09:00 Uhr ging es mit der OP los und um 17:00 Uhr ließ mich meine Blase im Stich. Leider musste ich meine Augen öffnen.

Ich denke mal, dass ich den Staubsauger mindestens drei Stunden in meinem Bett hatte.

Mir ging es sehr gut. Der Arzt kam auch gleich, als ich in meinem Zimmer lag und fragte, wie es mir geht.

Mir ging es fantastisch. Hätte ich nie gedacht.

Dr. Kapalschinski meinte, ich wäre mutig, Arme und Beine zusammen zu machen,

aber ich hätte die OP sehr gut weggesteckt. Keine Übelkeit, nichts.

Also durfte ich am nächsten Tag schon nach Hause. Das Ästhetik- Centrum werde ich auf alle Fälle weiterempfehlen. Sie bekommen von mir die volle Punktzahl.

„Ja, hallo Oma Thiel, mir geht es sehr gut, danke der Nachfrage. Die Narben verheilen gut. Ich kann wieder T-Shirts anziehen und winken, ohne dass mir mein Fleisch am Oberarm gleich um die

Ohren fliegt, und ich freue mich auf die kurzen Hosen, wenn der Sommer kommt. Ich wette mit dir, wenn das Else sieht, will sie auch so eine OP." Dabei lachte ich herzhaft.

Auch Oma Thiel lachte und meinte: „Else würde alles bei deinem Arzt machen lassen, wenn er nur mit ihr einen Kaffee trinken würde."

Dann erzählte Oma Thiel mir von den Kisten im Badezimmer und das ihr Haus so ungemütlich wäre, seitdem alle beim Packen für den großen Umzug in die „Sonnenschein - Residenz" seien.

Die Sonnenschein- Residenz wurde von Ole gebaut und ist ein riesiges Grundstück mit einigen Häusern, in das z.B. Oma Thiel und Werner einziehen.
Ein Haus für Else und Heinz. Ein großes Haus für Kathie und ihrer Familie.
Mehrere Wohnungen seniorengerecht mit Pflegepersonal.
Ein Komplex, in dem Menschen betreut werden, die an Demenz erkrankt sind.
Und ganz viele Zimmer, im unteren Bereich sogar mit Garten, für die anderen älteren Leute.

*Es gibt am Rande einen Kindergarten,
damit sich Jung und Alt austauschen
können. Ganz viele Tiere waren da, die
man streicheln kann und auch Pferde.
Die Senioren – Residenz ist die
Zwillingsschwester der Glückseligkeit –
Residenz, die Elfriede und Werner je zur
Hälfte gehört, jedoch etwas kleiner ist.
Ole hat das ganze erschaffen und er hat
es gut gemacht.
In vier Wochen soll der Umzug sein.*

„Reg dich doch nicht auf. Wenn Else in
ihrem Haus wohnt, wirst du das Chaos
vermissen, glaube mir," beruhigte ich
Oma Thiel.

„Wahrscheinlich hast du Recht. Else ist
eben chaotisch, das wusste ich von
Anfang an. Ich wollte auch nur fragen,
wie es dir geht, und wann wir uns
sehen, Conny?"

„Ich denke so in zwei Wochen können
wir in unserem Lieblingskaffee etwas
trinken gehen. Wäre das OK für dich?"

„Super, lass uns aber vorher noch
telefonieren. Ich muss jetzt den
Frühstückstisch decken. Mach es gut,
tschüss Conny."

„Tschüss, Oma Thiel!" Dann legten wir auf.

Oma Thiel stürzte in die Küche, um schnell alles für das Frühstück vorzubereiten, aber es war alles fertig. Heinz saß am Tisch und las die Zeitung. Er tastete hinter der Zeitung nach seiner Kaffeetasse, fand sie und schlürfte daran. Er hatte gar nicht bemerkt, dass Elfriede reingekommen war, bis sie: „Guten Morgen, Heinz!" rief.

Er ließ die Zeitung sinken und rief gut gelaunt: „Guten Morgen, liebe Elfriede." Dabei faltete er die Zeitung zusammen und legte sie weg. Er stand auf, ging zur Kaffeemaschine und fragte: „Käffchen?"

„Ja gerne," gab sie bedenklich zu Antwort. „Was ist denn mit dir los? So früh schon auf den Beinen?"

„Ja, ich konnte nicht mehr schlafen." Er druckste herum.

„Du Elfriede, ich wollte dich mal was fragen."

Oma Thiel nahm einen Schluck Kaffee, der alle Lebensgeister weckte.

„Ja, was ist denn los?", fragte sie lächelnd zurück.

„Ich wollte dich mal fragen… wenn wir ja demnächst umziehen…. dann, dann, dann sind wir ja nicht mehr so zusammen wie bisher," stotterte er. „Ich meine, dann sitzen wir doch nicht mehr wie jeden Morgen zusammen am Frühstückstisch.

Dann wirst du mit Werner allein frühstücken und ich mit Else, oder?"

Oma Thiel überlegte und meinte: „Ja, wenn ihr das so wollt?"

„Nein," rief er aufgebracht, „das will ich ja eben nicht.

Mit Else allein zu frühstücken, das wird mir zu anstrengend."

„Wer ist anstrengend?" Else polterte mit einer kleinen Kiste in der Hand in die Küche,

stellte sie mit Schwung auf den Küchentisch, wobei sie mit der Kante auf einen Teller von Heinz kam.

Sein noch nicht gegessenes Brötchen flog im hohen Bogen durch die Luft.

Heinz schaute Elfriede flehend an. Jetzt verstand sie und meinte: „Heinz fragte mich gerade, ob wir nicht weiterhin alle zusammen bei uns an dem großen Tisch frühstücken wollen und ob es mir nicht zu anstrengend würde. Ich finde die Idee großartig. Und du Else?" Elfriede schaute ihre Freundin fragend an. Heinz blieb in Erwartung der Antwort, sein Brötchen aufzuhebend inne, als Else sagte: „Klar, können wir machen."

Heinz packte die Wurst wieder auf sein Brötchen, pustete den Staub ein wenig runter, schaute Elfriede dankbar an und biss beherzt in sein Brötchen.

Else sagte zu Heinz: „Du musst die Kisten aus dem Bad holen und bei dir in die Wohnung bringen.

So geht das nicht. Wir können nicht mal duschen. Oder soll ich das alles allein machen?"

Dabei schaute sie Heinz angriffslustig an.

Heinz aber meinte: „Kein Problem, mein Schatz, mache ich direkt nach dem Frühstück,"

dann schob sich Heinz sein Ei mit einem Mal in den Mund.

Sonnenschein – Residenz

Ole ist kaum zu Hause, bei seiner
Familie.
Seinen Vater hat er auch schon länger
nicht gesehen. Die Großbaustelle
‚Sonnenschein' hatte seine ganze
Aufmerksamkeit in Anspruch
genommen.
In fünf Wochen ist Eröffnung.
Kathi hat neben dem Haushalt und den
Kindern
die ganzen Reservierungen
vorgenommen.
Mit ihrem kleinen Sprössling, von ein
paar Wochen, kann sie sowieso noch
nicht wieder in die Klinik, um ihren
Beruf als Ärztin auszuüben.
Ein ganzes Jahr wollte sie aussetzten
und sich um alles andere kümmern.
Vor allem der Umzug in das große Haus,
neben dem Grundstück Sonnenschein,
wird noch viel Nerven und Arbeit
kosten.

Kathi fand die Idee von Ole gut, dass wir alle unmittelbar zusammenwohnen.
Oma und Opa in der Nähe zu haben ist immer gut bei zwei Kindern.
Nico wird bald schon zehn.
Den Haushalt zusammenzuschmeißen, wird auch kein Problem sein. Ole hatte nicht viel. Nur ein paar persönliche Sachen.
Viele Möbel wurden neu gekauft.

Die einzelnen Eingänge der Häuser des Seniorenheimes waren mit bunten Türen gestrichen. Die Fußmatten, hatten je einen Schriftzug der jeweiligen Vornamen des Bewohners.
Dann gab es verschiedene Parzellen, z.B. *,Die Panzerknacker.' Die Türen hatten alle die Farbe Blau.*
Wenn eine Glocke beim Hausmeister schellt, weiß er sofort Bescheid, dass er zu den Panzerknackern muss, blaue Tür, Hugo. Dann ist er in zwei, drei Minuten bei ihm.

Genauso funktioniert es beim Arzt, der auch auf dem Gelände wohnt.

Eine eigene Straße zu allen Häusern gab es für den Krankenwagen, wenn einer benötigt wurde. Es gibt sogar in der Nähe einen Landeplatz für einen Hubschrauber, falls mal etwas ganz dringend ist.

Auf dem Gelände selbst darf man nicht mit dem Auto fahren.

Dafür ist vor dem Eingang des Geländes ein Besucherparkplatz, der kostenfrei zu benutzen ist.

Es sei denn, man hat eine Garage, so wie Ole, Werner, und auch der Arzt.

Wer noch fit ist, kann mit dem Fahrrad, oder mit einem elektrischen Roller fahren. Selbstverständlich sind auch Rollatoren erlaubt, aber nur für die Besitzer. Fremde müssen ihre Fahrräder oder Roller über den Platz schieben.

Wenn Leute aus der Residenz ‚Glückseligkeit' ausziehen wollen, weil sie lieber in die Residenz ‚Sonnenschein' möchten, müssen sie für ihre Wohnung oder Zimmer einen Nachfolger finden.

Oma Thiel konnte sich endlich darauf freuen, mit ihrem Mann Werner zusammenzuziehen.

Ganz allein nur mit ihm, das wird bestimmt schön.

Werner allerdings bekam schon ein bisschen Angst.

Tag und Nacht mit seiner Elfriede zusammen zu sein. Was ist, wenn er Fußball gucken will. Sich eine Flasche Bier an den Hals setzen, die Füße auf den Tisch legen will, und gedankenverloren mal zu rülpsen, oder aber einen ziehen zu lassen.

Genau aus diesem Grund hat er seine Suite in der Residenz *‚Glückseligkeit'* noch behalten. Das weiß seine Frau aber nicht, nur Heinz.

Der hat nämlich noch viel mehr Angst davor, nicht mehr sein eigener Herr zu sein, weil er mit Else seiner Traumfrau, endlich zusammengekommen war.

Der Sex war zwar gut mit ihr, aber sie war ein Dickkopf.

Vielleicht wird es ja schön.

Die Residenz *‚Sonnenschein'* ist von viel Wald umgeben. Es ist nicht so dicht aneinandergebaut. Ein kleiner

japanischer Park grenzt an der Residenz.
Auf der anderen Seite ein großes Feld.
Ideal, um sich mit einem Hund
auszutoben.
Zusätzlich gibt es einen Krämerladen, so
wie früher.
Dort gab es alles in kleinen Mengen.
Frische Eier gab es vom Bauern, sogar
Milch, Kartoffeln, Äpfel und noch
andere Dinge.
Eine mobile Reinigung holt die Wäsche
der Leute.
Es gab keine Besuchszeiten. Jeder kann
kommen und gehen, wann und wie er
Lust hat.
Es gibt eine Apotheke vor Ort.
Einen Kindergarten gibt es auch.
Wer will, kann sich eine Oma oder Opa
aussuchen, wenn keine Angehörige
mehr da sind.
Für an Demenz erkrankte wurde eine
größere Station eingerichtet, die rund
um die Uhr von einem Pfleger besetzt
ist.
Es ist an alles gedacht.

*P*acken

Else und Oma Thiel packten Geschirr
ein. Das sich so viel ansammelt, in den
Jahren. Elfriede fragte ihre Freundin:
„Hat Heinz schon alles fertig gepackt?"
„Ich weiß es gar nicht, ich schaue mal,
ob er in seiner Wohnung ist."
„OK, mach das. Sage ihm, er soll die
Kisten in die Garage stellen, damit es
hier nicht so voll wird."
Als Else in die Wohnung platzte, lag
Heinz auf der Couch und las die
Motorradzeitschrift.
Gepackt war gar nichts.
Es standen nur die Kisten aus dem
Badezimmer von Else noch im Flur.
„Nun, sage mal," polterte Else los, „geht
es dem Herrn gut? Soll ich dir vielleicht
noch einen Kaffee bringen und ein
Kissen unter deine Beine legen, oder
was?"
Heinz verstand das natürlich verkehrt.

„Oh ja, mein Schatz, wenn du das machen würdest, wäre das großartig."
„Du hast doch nicht mehr alle Teller in der Kommode!
Wir schuften oben wie die Blöden und du liegst faul auf der Couch rum und willst dich auch noch bedienen lassen!"
Ihr Organ schrillte durchs Zimmer. Erst jetzt merkte Heinz ihren Sarkasmus, den er nicht immer zuordnen konnte.
Deshalb erhob er sich mühselig. Es fiel ihm schwer sich zu bewegen, weil ihn sein Bauch störte.
„Ich habe doch schon angefangen. Im Bad ist eine Kiste," rechtfertigte er sich.
Weil Else so laut geschrien hat, kam Elfriede runtergelaufen.
„Was ist denn los? Ist was passiert?" fragte sie ein bisschen aus der Puste.
„Der Herr hat es sich mit seinem Bauch ein wenig gemütlich gemacht, statt zu packen," verpetzte Else ihren Freund.
Der zweite Versuch von Heinz kam prompt: „Ich habe schon angefangen, im Bad. Else rauschte ins Badezimmer, suchte die Kiste und fand sie hinter der Tür. Es befanden sich die Badezimmermatten drin. So schmutzig

wie sie waren, hat er die zusammengerollt und in die Kiste gepackt. Das war es.

Else nahm die Kiste mit in die Stube, wo Heinz versuchte mit Schwung vom Sofa aufzustehen. Er brauchte zwei Anläufe. Oma Thiel schaute in die Kiste und nahm die Badvorleger raus. Sie ekelte sich, diese anzufassen. Sie ließ sie wortlos wieder in die Kiste gleiten.

„So geht das nicht", meinte Elfriede, „wir räumen ein oder schmeißen weg und du bringst alle Kisten in die Garage, und zwar jetzt!" Else nickte ihr aufmunternd zu.

„Du kannst oben anfangen, da stehen schon etliche in der Küche, im Flur und im Schlafzimmer."

Heinz nickte, ging nochmal ins Bad, tat so, als wenn er pinkeln würde, nahm seine versteckten Zigarren und huschte nach draußen.

Oma Thiel fragte Else: „Was willst du von dem Gerümpel in eurem neuen Haus haben?"

„Das Bett, das ist noch gut, vielleicht noch ein paar Sachen vom Geschirr aus der Küche. Die Badsachen können alle in den Müll." Elfriede nickte zufrieden. Dann nahmen sie große Müllbeutel und ließen so einiges darin verschwinden, was in den Müll gehört.

Heinz rauchte erst einmal genüsslich seine Zigarre im Garten. Er dachte darüber nach, wie es wohl sein mag, mit Else zusammenzuwohnen. Wie soll er da noch heimlich rauchen? Gut ist nur, dass er, genau wie Werner, einen Zufluchtsort hatte. Werners Suite in der Residenz Glückseligkeit. Werner hatte Elfriede gesagt, dass er die für Gäste freihalten wollte.

Es kann auch sein, dass sein Sohn aus den USA zu Besuch kommt, oder Elfriedes Sohn Kai mit seinem Mann aus Mallorca. Deshalb brauchte Werner nur seine persönlichen Sachen einpacken und das war nicht so viel. Die Möbel blieben alle drin.

Das heißt, der Kühlschrank war mit Bier gefüllt, der Gefrierschrank mit Pizza und im Schrank waren Zigarren versteckt. Aber davon durften die Frauen nichts wissen.

Heinz grinste, als er daran dachte.

Als Heinz alle Kisten in die Garage geschleppt hatte, schwitzte er und röchelte wie ein alter Gaul.

Als er fertig war und schweißnass in die Küche von Elfriede ging, holte er sich ein Bier aus dem Kühlschrank und ließ sich auf dem Sofa in der Wohnstube sinken. Dann schaltete er die Sportschau an.

Er setzte gerade die Flasche an den Hals, als Oma Thiel in die Stube kam. Im Schlepptau hatte sie Else mit einem großen blauen Beutel über der Schulter.

„Wieso liegst du hier denn schon wieder rum Heinz?"

Else ließ den Sack hinter Elfriede fallen, die gerade das Gesagte im Raum nachschwingen ließ.

„Wieso, ich habe alle Kisten rausgebracht und die Garage ist proppenvoll, da geht nichts mehr rein!"

Oma Thiel meinte: „Das kann doch gar nicht sein, so viel war das doch gar nicht." Sie drehte sich um und ging zur Garage. Else folgte ihr mit dem Müll. Als sie die Garage öffneten, sahen sie Kisten über Kisten. Oma Thiel verstand das nicht. Sie dachte: *So viel war das doch nicht?'*

Else ließ den Müll in ihrer Hand sinken und starrte auf die Kisten. Die waren bis oben hin gestapelt.

Es hupte hinter ihnen. Ein Wagen kam näher und es war Ole.

Als er ausstieg, meinte er: „Hallo Mädels, alles klar bei euch?

Wollte euch nur sagen, wenn ihr mögt, könnt ihr schon Kleinkram in das neue Haus bringen." Else versuchte ihren Sack gegen die Kartons zu drücken, um ihn nicht noch weiter mit sich rumzuschleppen.

In dem Moment kippte eine obere Kiste um und fiel nach hinten. „Mist," fluchte Else. „Moment," rief Ole, „ich helfe dir." Er wuchtete die Kisten vorneweg und siehe da, es waren zwei Reihen gestapelt, dahinter war alles frei.

Else sah es und ging schnaufend zu dem dicken Mann, der auf der Couch lag und noch mehr Bier in sich hineinlaufen ließ.

Oma Thiel begrüßte Ole herzlich.

„Wenn du willst, kann ich auch schon ein paar Kisten mitnehmen. Ich wollte nur Bescheid sagen. Fahre jetzt noch eben bei Werner vorbei und hole da auch die Kartons. Ich schmeiße die eben auf die Ladefläche." Oma Thiel war dankbar.

Ole hob die Kartons hoch, als wären sie leer und hievte sie auf seine Ladefläche. Dann verabschiedete er sich schnell, lehnte den Kaffee von Elfriede ab und fuhr mit einem Kavalierstart weiter. Elfriede dachte: ‚*Was der in den letzten Monaten alles geleistet hat, es ist ein guter Junge.*‘

Else kam mit Heinz im Schlepptau nach draußen gestürmt.

Ihr Gesicht war puterrot. Gelangweilt trappte Heinz hinter ihr her.

Else schaute in die leere Garage.

„Wo sind denn die ganzen Kartons?"

„Die hat Ole mitgenommen, dann sind die schon mal in dem neuen Haus," antwortete sie ihrer Freundin.

Heinz schaute in die Garage und meinte: „Ich weiß gar nicht, warum so ein Buhei machst. Ist doch alles weg." Dann drehte er sich um und ließ die beiden Frauen vor der Garage stehen.

Else sagte zu ihrer Freundin: „Ich weiß nicht, ob ich das mit Heinz aushalte. Er ist so schwerfällig geworden, und sein Bauch wird auch immer dicker."

Elfriede legte den Arm um Else und
meinte: „Ich kann dich verstehen.
Wenn es gar nicht klappt, ziehst du eben
wieder zu uns."
Selig und dankbar schaute sie Elfriede
an.
„Gut ist nur, dass ich ein extra Zimmer
habe, wo ich mich zurückziehen kann,
und Heinz kann sich den Dachboden
ausbauen, dann hätte er auch einen
Rückzugsort," meinte Else.
Als sie wieder ins Haus gingen, hörten
sie Heinz aus der Stube rülpsen. Die
Sportschau lief.
Die Frauen zogen sich in die Küche
zurück, machten eine Flasche Sekt auf
und packten weiter Geschirr ein.
Elfriedes Hund Struppi legte sich
genüsslich neben die beiden Frauen und
schloss seine Augen.

*U*mzug

Der Tag war gekommen. Der Umzugswagen stand vor der Tür.

Was war das noch alles hektisch an diesem Tag.

Oma Thiel, Else und Heinz hatten noch darauf bestanden, ein letztes Frühstück in ihrem Haus einzunehmen.

Der Umzugswagen war für 10:00 Uhr bestellt,

standen aber schon um 08:00 Uhr vor der Tür. Oma Thiel meinte: „Selbst schuld, wenn die so früh kommen. So saßen alle drei am Frühstückstisch, während die Männer vom Umzugsunternehmen alles um sie herum einlud. Keiner der Drei ließ sich aus der Fassung bringen.

Draußen hupte es zweimal. Einen Augenblick später kam Werner in die Küche gerannt.

„Was macht ihr hier, ich denke, wir ziehen um?"

Elfriede nahm eine Tasse und stellte sie Werner hin: „Käffchen?", frage sie und stellte die Tasse an den freien Platz. Als Werner sich gerade setzten wollte, nahm ihm einer der Männer den Stuhl weg.

Heinz meinte daraufhin: „Tja, mein Lieber, hier musst du schnell sein, sonst ziehen sie dir den Teller unter der Tasse weg." Er lachte dabei. Werner trank seinen Kaffee im Stehen.

„Wollen wir nicht mal allmählich los? Es steht noch so viel auf dem Programm." Flehend schaute er zu seiner Frau.

Die bekam bei dem Dackelblick Mitleid und meinte: „Drei, zwei eins. Genau zehn Uhr. Wir sind fertig." In dem Moment, wo sie sich erhoben, waren ihre Stühle schon weggezogen.

Else meinte, „ich mach das hier noch mit der Küche fertig, fahrt ihr ruhig schon los und bereitet dort alles vor."

Als Else mit den Männern allein war, holte sie sich aus einer Kühltasche eine Flasche Bier, öffnete sie und fragte: „Wollt ihr auch ein Bier?"

Das ließen sie sich nicht zweimal sagen.

Schon saßen alle wieder auf den Stühlen, die sie zuvor rausgebracht hatten und tranken Bier. Else meinte zu sich: ‚Geht doch'

Nach dem zweiten Bier und flirten von Elses Seite, packten die Jungs den Rest ein. Else war sich sicher, dass der eine ein Auge auf sie geworfen hatte. So etwas sah sie sofort.

Wie alt mochte er sein, bestimmt Ende 30. Aber da würde sie drüber wegsehen. Sie saß auch in der Fahrerkabine direkt neben ihm und meinte seine Aufregung zu spüren.

Er zitterte richtig.

Der junge Mann neben Else schlug nach dem Takt von ‚Insomnia' und war ganz in seinem musikalischen Element.

*

Der Umzug zog sich wie Kaugummi. Erst am Abend, gegen 22:00 Uhr waren sie fertig. Else winkte ihrem Idol noch hinterher, als der Umzugswagen vom Hof fuhr.

In den nächsten Tagen waren alle damit beschäftigt, alles einzuräumen.

Zwischendurch trafen sich Werners und Heinz Blicke, wo dann klar war, dass sie sich mal verpissten, um entweder eine Zigarre zu rauchen oder um ein Bier zu trinken.

Bei dem Weiberkram störten sie eh nur. Ein paar Tage später sah es schon einigermaßen gemütlich aus.

In spätestens 14 Tagen sollen die ersten Mitbewohner des Heims einziehen. Bis dahin müssten sie fertig werden.

*P*ippi und Demi

Else hatte noch nie so viel gearbeitet, wie in den letzten Wochen. Sie kam gar nicht mehr dazu, sich nach anderen Männern umzuschauen. Wenn sie nicht mit Heinz versauern will, sollte sie sich doch mal die Zeit nehmen, die Augen offen zu halten.

Viele ältere Herrschaften bezogen ihre Unterkünfte. Das heißt, sie setzten sich ins gemachte Nest.

Die Möbelpacker und wenn vorhanden Familienmitglieder halfen.

Bei den kräftigen Möbelpackern musste doch was dabei sein, dachte Else sich.

Schnurstracks ging sie zum großen LKW. Zwei Männer wuchteten gerade einen Sekretär des LKWs.

Else spürte förmlich die Muskeln unter dem Shirt.

„Kann ich irgendwie helfen?", fragte sie höflich. Der eine, mit dem Rücken zu Else, drehte seinen Kopf in ihre Richtung.

Er schaute sie völlig verdattert an.

Die Kommode, die er auf einer Seite hielt, um zu warten, bis sein Partner vom LKW sprang, um auf der anderen Seite anzupacken, meinte:

„Holla, schöne Frau. Für so schwere Sachen, ist so ein kleines Figürchen wohl nichts, aber danke für die Nachfrage."

Er schaute Else mit einem strahlenden Lachen an. Seine Zähne blitzen dabei auf. Else dachte sofort: ‚*Heidewitzka, sieht der gut aus, ob seine Zähne echt*

sind, konnte sie so schnell nicht
feststellen. Vielleicht legt er sie auch ins
Wasserglas neben dem Bett. Wer weiß
das schon.
Außerdem hat er gleich erkannt, wie gut
ich aussehe. Er braucht nicht zu wissen,
dass ich in vier Wochen 81 Jahre werde.'
„Na, hören sie mal, ich habe ganz
schöne Muskeln, wollen sie mal
fühlen?" Dabei machte sie eine
Armbeuge und spannte ihre Muskeln
an.
Der zweite Mann meinte etwas
schroffer: „Können sie bitte mal Platz
machen, die Kommode ist schwer."
Beleidigt stellte sie sich abseits.
Die Männer gingen vor und Else
hinterher. Sie kamen in einen Trakt, wo
zum Teil Pflegebedürftige und zum Teil
an Demenz erkrankte sind. Der Trakt
hatte die Farbe Altrosa.
Eine alte Dame kam ihr entgegen, blieb
stehen, drückte ihre Beine zusammen
und drehte sich wieder um.
Wahrscheinlich musste sie mal.
Einen Augenblick später kam sie wieder
aus ihrer Wohnung.
Sie hatte eine nasse Windel in der Hand.

Dann meinte sie zu Else:
„Sie müssen die Putzfrau sein, hier
räumen sie das mal weg." Sie drückte
Else die nasse Windel in die Hand. Else
ließ die Windel fallen, wie einen nassen
Sack.

Sie meinte: „Ich bin bestimmt nicht die
Putzfrau. Ich wohne selbst hier, aber
nicht so eingepfercht wie sie, sondern in
einem großen Haus!" Sie sagte es extra
so laut, dass die Möbelpacker das
mitbekamen.

Ein älterer Mann kam aus einer Tür und
meinte zu Else: „Schatz, wo bleibst du
denn? Ich will endlich mein Essen." Else
schaute ihn verwirrt an.

„Kennen wir uns?" fragte sie.

„Du bist doch mein Schatz, komm jetzt,"
nörgelte der Mann weiter.

Die Pippi Frau drehte sich zu dem Mann
um und meinte: „Demi, du hast doch
gerade gegessen. Der Essensdienst war
doch gerade da."

„Wer sind sie denn," der Herr fragte
nach. Während er das sagte, beugte er
sich zum Boden, hob die nasse Windel
auf und ging kopfschüttelnd wieder in
die Wohnung.

Die Pippi Frau meinte dann, dass der Herr dement ist und so einiges durcheinanderbringt. Deshalb nannte sie ihn Demi.

„Aha," meinte Else, „wie heißen sie denn?"

„Petra."

Dabei reichte sie Else die Hand, wo noch eben die nasse Windel war.

„Ich heiße Else." Zögerlich erwiderte sie die Hand.

Dann ging Else weiter zu den Umzugsmännern und ließ Petra stehen. Sie strahlte den gutaussehenden Mann an und meinte: „Wollt ihr ein kaltes Bier trinken?"

Als die Männer das schwere Stück abgestellt hatten, waren sie dankbar über das Angebot.

„Kommt mit rüber, sind nur zwanzig Schritte, dann kann ich euch auch ein paar Stullen machen."

Sie ging vor, wie eine Diva und die Männer folgten ihr.

In der Küche angekommen, bekamen die Männer erst einmal ein kaltes Bier. Dann holte sie Brot, Butter und Aufschnitt raus, legte es auf Tellern, gab ihnen ein Messer und Servietten dazu und alle setzten sich.

Die Männer ließen das Bier durch die Kehle fließen.

Dann hörte sie die Stimme von Oma Thiel: „Else, Else!"

Als sie die Küche betrat, sah sie auf die Männer.

„Huch, ich wusste gar nicht, dass du Besuch hast, schönen guten Tag die Herren."

Die Männer erhoben sich kurz, setzten sich aber gleich wieder.

Else meinte dann: „Die Männer waren bei Demi und Pippi."

Oma Thiel verstand kein Wort.

„Na da, wo die Dementen wohnen. Ich verstehe nur nicht, wie die da ganze allein klarkommen sollen."

Nach dem Gesagten setzte Else die Bierflasche an.

Oma Thiel:

„Wieso, die sollen doch erst kommen, wenn alles andere fertig ist.

Die Betreuer müssen doch auch erst einmal einziehen und dann kommen die Bewohner. Ich frage gleich mal Ole, da muss was schiefgelaufen sein."

Oma Thiel verabschiedete sich und ging
über den Hof zu Ole.
Sein Kopf steckte gerade unter der
Motorhaube. Oma Thiel hörte ihn schon
fluchen. „Scheiß Karre!"
„Na, na, na, wer braucht denn solche
Kraftausdrücke?"
Elfriede begrüßte Ole mit einem
Lächeln.
„Oh, Oma Thiel, schön dich zu sehen.
Entschuldige bitte meine Aussprache,
aber der Wagen springt nicht an,
und ich finde den Fehler nicht."
Neugierig lugte Elfriede in den
Motorraum. Sie konnte nichts erkennen,
nur Dreck. Deshalb meinte sie:
„Vielleicht solltest du deinem Wagen
mal eine Motorwäsche gönnen, dann
findet man leichter den Fehler."
Ole schaute sie verwirrt an.
„Was wolltest du denn von mir,
irgendetwas bestimmtes?"
Ole wischte sich die Hände an einem
schmutzigen Lappen ab.
Elfriede berichte ihm, dass Else schon
die ersten Demenzkranken gesehen
hatte, aber keine Pfleger, kann das denn
sein?"

„Da muss sich Else verguckt haben. Ein junger Mann, ein ausgebildeter Krankenpfleger mit dem Namen Rainer kümmert sich um die Leute.

Die anderen sollen erst in drei bis vier Wochen kommen.

Aber ich schaue gleich mal nach dem Rechten."

„OK, dann bin ich ja beruhigt," meinte Oma Thiel und ging weiter zum Stall, wo die ersten Tiere geliefert wurden.

Ole steckte seinen Kopf wieder in den Motorblock.

Else kam gutgelaunt und lachend mit den beiden Männern aus dem Haus.

Sie verabschiedete sich von ihnen und schlenderte zu Ole.

„Hallo Ole, alles gut bei dir?"

Sie begrüßte ihn und legte dabei ihre Hand auf seinen Rücken. Sie spürte seine Muskeln.

„Nee, die Karre springt nicht an."

„Soll ich mal gucken?" Völlig entgeistert schaute er Else an und meinte: „Ja klar, vielleicht findest du ja den Fehler."

Gedacht hatte er: ‚*Wenn ich jetzt sage, nein, ist sie nur wieder beleidigt. Also tue ihr den Gefallen.*'

Else steckte den Kopf tief in den Motorraum. Dann schaute sie auf und zu Ole gerichtet:

„Du hast einen Marderbiss. Da ist ein Kabel durchgebissen."

„Was?" Ole war außer sich, guckte selbst noch mal in den Motorblock und sah tatsächlich das zerfressene Kabel."

„Stimmt tatsächlich, wieso siehst du sowas sofort, Else?"

„Ich habe eben Ahnung von Autos."

Sie zuckte mit den Schultern und ging mit einem Tschüss an Ole vorbei und verpieselte sich in Richtung Stall.

Sie musste Ole nicht gerade auf die Nase binden, dass sie den Marder zuvor noch etwas zu fressen hingelegt hatte, als sie ihn entdeckt hatte.

Ein paar saftige Früchte und ein Ei.

Ole hingegen fasste sich an den Kopf und war erstaunt, dass Else den Fehler so schnell gefunden hatte. Nach den Demenzkranken zu schauen, vergaß er dabei.

Er suchte Heinz oder Werner, um seinen Wagen abzuschleppen.

81 oder *18*

Elses Geburtstag kam mit rasender Geschwindigkeit auf sie zu.

Sie dachte sich: *‚Ich werde mit Sicherheit keinem Menschen sagen, wann ich Geburtstag habe. Das wäre ja noch schöner.'*

Doch alle anderen wussten ganz genau, wann sie Geburtstag hatte, fast alle.

Heinz hatte keine Ahnung, oder er hatte das schlicht vergessen. Eine Woche vor Elses Geburtstag fragte Elfriede mal nach:

„Was schenkst du eigentlich Else zu ihrem Geburtstag?"

Er war gerade dabei, seinen Wagen im Hof zu reinigen. Der hatte das bitter nötig.

Heinz schaute auf und fragte Oma Thiel:
„Wieso Geburtstag?"

„Na Else hat in einer Woche Geburtstag
und wie ich sie kenne, will sie den nicht
feiern, weil ja dann jeder weiß, dass sie
81 Jahre alt wird.

Du wirst deiner zukünftigen Frau etwas
schenken und dran denken," sagte sie
mit Nachdruck.

„Ja klar habe ich dran gedacht,"
schwindelte er, „aber ich weiß noch
nicht, was ich ihr schenken soll?"

„Die anderen und ich wissen es auch
nicht. Ich werde mal Conny fragen die
hat immer gute Ideen." Dann drehte
sich Elfriede um und rauschte ins Haus.
Einen Augenblick später klingelte mein
Handy.

„Ja bitte," sagte ich höflich, obwohl ich
wusste, dass es Oma Thiel war.

Ohne große Begrüßung kam Oma Thiel
gleich zum Punkt.

„Was sollen wir denn Else zum
Geburtstag schenken, Conny?"

„Oh, hallo Oma Thiel. Wird unsere Else
schon 81 Jahre?"

„Ja, und wir wissen alle nichts. Else ist so
kompliziert, du kennst sie ja."

„Ja, das stimmt," gab ich lachend zurück. „Aber warte mal. Else wird 81 Jahre. Ist schon ein Minus Punkt. Also wird sie jetzt 18 Jahre.
Jetzt ist sie volljährig.
Das findet sie schon mal gut. Zweitens meckert sie immer über ihr Aussehen, weil, sie ja jünger wirken will.
Da wäre ein kleiner Aufenthalt in einer Klinik, in der z.B. ich war, etwas für sie. Sozusagen einen Gutschein und sie kann sich selbst aussuchen, was sie dann machen lässt. Was sagst du dazu?"
Oma Thiel war begeistert.
„Das ist ja eine großartige Idee, Conny. Du bist und bleibst die Beste! Genauso machen wir es.
Ich sammle Gelder ein und du besorgst den Gutschein in der Klinik, wo auch du warst."
„Und denke bitte an die Geburtstagskarte mit der 18 drauf!", rief ich noch in den Hörer.
„Ja, mache ich. Das wird richtig schön," freute sich Oma Thiel.
Wir verabschiedeten uns und legten auf. Oma Thiel rannte wieder zu Heinz.

„Gib mir mal etwas Geld, wir sammeln für Else zum Geburtstag. Dann legen wir alle zusammen."

Sie wollte Heinz nicht verraten, was sie vorhatte. Heinz war so eine Plaudertasche und kann nichts für sich behalten.

„Ja, ich habe mir auch schon Gedanken gemacht," antwortete Heinz.

„Was sagst du dazu, wenn ich ihr das Begräbnis, wenn sie mal nicht mehr ist, schenke.

Dann braucht sie sich keine Sorgen machen und es wäre dann alles für sie erledigt.

Ich habe da so einen alten Freund. Der würde mir einen Rabatt geben, aber…"

Elfriede unterbrach Heinz.

„Bist du nicht ganz dicht?

Du kannst doch nicht einer 81-jährigen Frau ihr Begräbnis schenken, du hast doch nicht alle Teller in der Kommode.

Ich kümmere mich ab jetzt darum.

Gib mir mal Geld!"

Heinz war beleidigt, zog aber sein Portemonnaie raus, machte das Fach mit dem Kleingeld auf und suchte ein paar Münzen.

„Du willst mir jetzt KEIN Kleingeld für Else geben, oder?" Elfriede sagte das mit Nachdruck.

„Nein, nein," meinte Heinz kleinlaut, „habe nur geguckt, was ich noch habe." Dann machte er das andere Fach auf und holte einen zehn Euro Schein raus und gab ihn ganz stolz Elfriede.

„Das ist jetzt nicht dein Ernst!" Schwupp, nahm sich Oma Thiel die Geldbörse und suchte nach größeren Geldscheinen.

Aber es war nur noch ein fünf Euro Schein drin.

„Fahre bitte zur Sparkasse und hole mal so 500 Euro."

„500 Euro," schrie Heinz. „Ich bin doch nicht mit ihr verheiratet.

Außerdem, was willst du für 500 Euro alles kaufen?"

Heinz war außer sich. Sie einigten sich dann auf 300 Euro.

Aber er würde gerne einen Vermerk auf der Karte machen, dass das meiste von ihm wäre.

„Von mir aus," gab Elfriede zurück und lief weiter zu Ole, der gerade auf dem Hof mit seinem Auto beschäftigt war, was wohl wieder lief.

Ole gab 100 Euro, ohne mit der Wimper zu zucken.

Werner und Elfriede gaben 200 Euro, Conny gab 50 Euro.

Und viele andere Freunde gaben zwischen 30 und 50 Euro. Nachher kamen 2.000 Euro zusammen.

Oma Thiel holte eine Geburtstagskarte mit einer 18 drauf, auf der die Glückwünsche zur Volljährigkeit schon standen.

Oma Thiel hatte alle Leute zum Frühshoppen eingeladen.

Als Else an ihrem Geburtstag morgens aufwachte, schnarchte Heinz noch neben ihr. Sie steckte sich ihre Zähne, die neben ihr im Glas schliefen, in den Mund.

Schon war sie sauer. Wieso schläft der noch. Sie hat doch heute Geburtstag. Sowas kann man doch nicht einfach vergessen. Wütend verschränkte sie ihre Arme. Heinz wurde wach. Na endlich, dachte Else. Wird auch Zeit.

„Guten Morgen mein Schatz," flüsterte Heinz Else ins Ohr.

Aber anstatt ihr zu gratulieren, meinte er: „Ich habe eine Morgenlatte, hast du Lust?" Dabei versuchte er zu hauchen und sie zu streicheln. Else schaute ihn angewidert an.

„Gehe lieber Zähne putzen, du stinkst aus dem Hals."

Mit diesen Worten ließ sie Heinz allein zurück und verschwand im Badezimmer. Als Else aus dem Badezimmer kam, nach ca. einer Stunde, weil sie sich extra hübsch gemacht hatte, trat Heinz im Türrahmen auf.

„Hast du schlechte Laune?" wollte er wissen.

Dabei rutschte er an Else vorbei und verschwand im Badezimmer. Ohne eine Antwort abzuwarten, schloss er die Tür. Else ging in die Küche, ins Wohnzimmer, ins Esszimmer.

Nichts, was an einen Geburtstag erinnern könnte. Keine Blumen, kein Geschenk, nichts.

Aber sie wollte das ja so, genauso wollte sie das. Keiner sollte ein Drama aus ihrem Geburtstag machen.

Sie wollte ihn vergessen, ja genau.
Gedankenverloren schaute sie aus dem
Küchenfenster.
Sie sah Oma Thiel gerade über den Hof
laufen. Sie hatte Eier aus dem Stall
geholt. Schnell zog sich Else ihre
Pantoffeln über und rauschte raus.
„Guten Morgen, Elfriede," rief sie laut.
„Alles klar bei dir?"
„Ja guten Morgen, meine Liebe,"
antwortete sie.
„Ja, bei mir ist alles klar, bei dir auch?"
Oma Thiel ließ sich nichts anmerken.
Else dachte,' *jetzt wird sie mir gleich
gratulieren.*
Elfriede vergisst nie einen Geburtstag.'
„Kommt ihr gleich zum Frühstück rüber,
so wie immer?", fragte Elfriede.
Enttäuschend, dass nicht mal ihre beste
Freundin daran gedacht hatte,
antwortete Else: „Ja klar, wir kommen
gleich. Heinz ist noch im Bad."
„Okay, dann bis gleich."
Oma Thiel verschwand in ihrem Haus
und ließ Else allein zurück.
,So wie immer, dachte Else nach. *Es ist
aber nicht wie immer.'*

Traurig ging sie ins Haus zurück. Heinz
kam gerade aus dem Bad. Else hatte die
Morgenzeitung mit ins Haus gebracht.
Heinz zog seine Hausschuhe an und
meinte: „Oh, die Morgenzeitung,
danke." Er nahm ihr die Zeitung aus der
Hand und setzte sich an den Tisch, um
zu lesen.
Zehn Minuten später meinte Heinz. Ist
gleich 10:00 Uhr. Wir sollten zum
Frühstück rüber. Elfriede wartet nicht
gern. Du kennst sie ja."
Traurig nickte Else und beide verließen
das Haus. Heinz klopfte am Haus von
Oma Thiel. Sie öffnete und ließ beide,
mit einem wunderschönen guten
Morgen rein.
Als Else in die große Wohnküche kam,
war sie sehr erschrocken.
Die war nämlich gerammelt voll und alle
hielten ein Transparent mit der
Aufschrift: „Herzlichen Glückwunsch zur
18ten Geburtstag" hoch.
Alle sangen:
„Happy Birthday to you! "
Auch Heinz stellte sich sofort zu den
anderen, öffnete den Mund und schloss
ihn wieder. Er kannte den Text nicht.

Als alle ausgesungen hatten, klatschten sie in die Hände.

Heinz drehte sich schnell zur Seite und nahm von Werner den Strauß roter Rosen entgegen, den er bei ihm geordert hatte.

Er ging auf Else zu, die schämend auf den Boden schaute.

„Meinen allerherzlichen Glückwunsch zu deinem 18ten Geburtstag, lieber Schatz. Ich freue mich, da du jetzt volljährig bist und wir ab jetzt auch mal Sex haben könnten." Alle lachten.

Ich kriegte mich nicht wieder ein und meinte in die Runde. Wenn sich Else noch jünger fühlt, kauft sie morgen eine Pickelcreme.

Wieder lachten alle. Oma Thiel übernahm das Wort.

„Allerbeste Freundin Else, wir haben alle lange überlegt, was wir einer Frau, die noch so jung aussieht und alles hat, zum Geburtstag schenken sollten. Conny hatte uns auf die Idee gebracht, hier bitte schön:"

Sie überreichte ihr die große Karte, auf der alle unterschrieben hatten, nur

Heinz hat in Klammern (300,-von mir) geschrieben.

Dann die große 18 Jahre. Nirgends war die Zahl 81 zu sehen.

Als sie den Gutschein las, liefen ihr ein paar Kullertränen über die Wangen.

Sie ging zu jedem einzelnen, um sich zu bedanken. Als sie bei mir ankam, zeigte ich ihr meine Arme, die operiert waren. Sie war begeistert.

Das ist das beste Geschenk, das wir ihr machen konnten.

Dann wurde erst einmal mit Sekt angestoßen und gefrühstückt.

Der Brunch begann morgens um 10:00 Uhr und alle hielten bis abends 23:00 Uhr durch. Es wurde gefeiert, getanzt und gelacht.

So bringt es riesigen Spaß Geburtstag zu feiern.

Keiner der Anwesenden bekam mit, das nur ein paar Häuser weiter etwas Schreckliches passierte.......

*M*ord, oder was?

Am nächsten Morgen wachte Oma Thiel
vor Werner auf.
Sie hatte einen Kater vom Ramazzotti
gestern. Als sie aus dem Fenster
schaute, sah man, dass bei Else und
Heinz noch die Rollläden unten waren.
Also schliefen noch alle. Auch Werner
schnarchte ausgiebig im Land seiner
Träume.
Draußen war es noch ruhig. Es war auch
erst 08:00 Uhr.
Sie zog sich ihren Morgenmantel an und
schlurfte zum Stall. Die Tiere hatten
Hunger. Außerdem konnte sie so frische
Eier von den Hühnern einsammeln.
Als sie alles erledigt hatte und gerade
zurück zum Haus wollte, fuhr ein
Krankenwagen an ihr vorbei mit
Blaulicht, aber kein Martinshorn.
Komisch dachte sie. Wer ist denn da
krank? Sie brachte die Eier ins Haus und
zog sich schnell ein paar Joggingsachen

an. Im Morgenmantel wollte sie jetzt auch nicht über den Hof laufen.

Noch schnell die Zähne geputzt und dann mal schauen. Als sie am Krankenwagen angekommen war, fuhr ein Leichenwagen auf dem Hof.

‚Um Gottes Willen, was ist denn da Los,‘ dachte sie.

Als sie das in Altrosa gestrichene Haus betrat, kam ihr eine Nachbarin entgegen.

„Na endlich, wo bleiben Sie denn, muss man alles selbst machen, hier im Haus?" Eine ältere Frau drückte ihr eine vollgeschissene Windel in die Hand und meinte, dass der Rest im Badezimmer liegt.

Oma Thiel ging es von dem gestrigen Abend nicht so gut. Sie bekam einen Brechreiz. Der Gestank kam aus dem Zimmer. Dann ging die Frau zurück und knallte ihr die Tür vor der Nase zu.

Oma Thiel dachte: *‚Das muss Pippi sein, was Else ihr schon berichtet hatte.‘*

Sie drehte sich um und warf die Windel in den Mülleimer auf dem Hof. Dann atmete sie zweimal kräftig durch und ging zurück ins rosa Haus.

Zwei Männer kamen mit einer Bahre,
auf der ein Leichensack lag und gingen
an ihr vorbei. Ein Polizist kam hinterher.
„Was machen sie hier?", fragte er
Elfriede.
Oma Thiel stellte sich vor und erklärte
sich bereit Ole zu holen.
Ein Mann ist wohl letzte Nacht
verstorben.
Er sei wohl am Erbrochenen erstickt, so
der Polizist.
Ole aus dem Bett zu klingeln, war gar
nicht so einfach. Kathi öffnete. Sie muss
das Fläschchen für den Kleinen fertig
machen, deshalb war sie schon hoch.
Als Ole erfuhr, was los ist, zog er sich
was über und lief im Laufschritt zum
Tatort.
Ein Leichenwagen kam ihm
entgegengefahren.
Elfriede ging zurück nach Hause und
weckte Werner, der immer noch schlief.
Sie erzählte in kurzen Sätzen, was
passiert war.
Oma Thiel ging in die Küche und räumte
auf.
Das war vielleicht noch ein Chaos. Aber
die Feier war richtig schön und so

ausgelassen. Bei Else und Heinz waren immer noch die Rollläden unten.

Sie hatten abgemacht, heute nicht zusammen zu frühstücken. Das wäre Oma Thiel dann doch zu viel gewesen. Später am Tag hatten sich die Leute das Maul zerrissen über den Toten. Einige meinten, es wäre Mord. So ein Blödsinn. Nur, weil ein älterer Mann stirbt, muss man doch nicht gleich an Mord denken. Als Else so gegen Mittag endlich auch erfuhr, was letzte Nacht los war, ging sie rüber und wollte Demi besuchen. Als sie bei ihm klopfte, machte ein junger Mann die Tür auf.

„Oh, ein Neuzugang hier bei uns?", trällerte Else gutgelaunt dem jungen Mann entgegen.

„Hallo, ich bin Rainer mit ai. Ich kümmere mich um die dement Kranken Leute hier und um die, die sich einsam fühlen. Brauchen sie auch Hilfe?"

Else war sofort beleidigt.

„Sehe ich etwa so aus?"

Gut, die gestrige Nacht ließ sie schon alt aussehen, aber doch nicht so. Sie fand Rainer nicht mehr so gut, wie zu Anfang.

Dann kam Demi an die Tür.

„Hallo Else, komm doch rein. Willst du
was mitessen.? Rainer hat gerade Essen
vorbeigebracht."

Da Else von gestern noch schlecht war,
lehnte sie dankend ab.

„Nein danke, mir ist schon schlecht,"
sagte sie mehr zu Rainer. Dann drehte
sie sich um und klingelte bei Pippi.

Sie öffnete und hatte diesmal keine
Windel in der Hand.

„Hallo Petra, wollte mal fragen, wie es
ihnen geht?"

„Danke gut, sie brauchen die Windeln
nicht mitnehmen, ihre Kollegin war
schon da und hat alles mitgenommen."

Eigentlich wollte Else in die Wohnung,
aber der beißende Geruch von Fäkalien
ließ sie draußen stehen bleiben.

„Wissen sie, wer letzte Nacht gestorben
ist?" Else war nervös bei der Frage,
weil der Geruch einen Würgereflex
einschaltete.

„Ja natürlich. Habe ich auch schon der
Polizei gesagt.

Herr Otto Rausch ist von uns gegangen,
weil er ermordet wurde. Dieser Rainer

war es nicht. So stand es in meinen Karten.

Aber mir glaubt ja keiner etwas." Pippi war angespannt, als sie das sagte.

„Und was macht sie da so sicher, dass es Rainer nicht gewesen sein könnte?"

„Weil er das Essen gebracht hatte. Grünkohl. Stank bis in den Flur, und er hasste Grünkohl."

Zur Demostation hob sie die Hand und wedelte damit.

Else dachte: *Alles ist besser als vollgeschissene Windeln,"* sagte aber nichts.

„Vielen Dank für die Auskunft und ich glaube ihnen auf alle Fälle. Ich mag Rainer auch."

Pippi war glücklich darüber und meinte mit einem Lächeln zu Else: „Ach ja? Möchten sie einen Kaffee mit mir trinken?"

Else wurde bei dem Gedanken schlecht und meinte: „Ein anderes Mal. Ich muss noch die Tiere füttern."

Diesen kleinen Schwindel merkte Pippi soundso nicht.

„Oh, dann vielleicht morgen, wenn der nächste Mord passiert, bis morgen Else." Sie schloss die Tür.

Else blieb noch drei Sekunden so stehen und dachte nach.

Dann schüttelte sie den Kopf, drehte sich um und ging nach draußen.

Sie schlenderte ein wenig abseits vom Hof und dachte über das Gesagte von Pippi nach. Dann sah sie Heinz.

Sage mal, rauchte der gerade eine dicke Zigarre?

„HEINZ!"

Sie schrie so laut, dass Heinz sofort die Zigarre hinter seinem Rücken versteckte.

„Du brauchst die Zigarre gar nicht verstecken.

Seit wann qualmst du denn so eklige Zigarren?"

„Gar nicht, mein Schatz, die habe ich hier brennend gefunden und aufgehoben. Wir wollen hier doch keinen Brand auf dem Hof haben, oder?"

„Hm," machte Else.

„Denke dran, dass wir hier nur eine Teilzeitehe führen. Ich kann auch morgen schon weg sein, wenn du mich anschwindelst."

„Das würde ich doch nie tun, ich schwöre."

„Ok, dann will ich dir mal glauben. Gib mir die Zigarre, vielleicht gehörte sie ja dem Mörder."

„Mörder?" Heinz war erschrocken. „Seit wann haben wir denn Mörder hier?"

„Ach egal, gib sie mir einfach."

Widerwillig gab Heinz seine Zigarre Else in die Hand. Die drückte sie auf dem Sandboden aus, steckte sie in ein Taschentuch und dann in die Tasche.

Sie gingen gemeinsam zurück. Werner wollte gerade vom Hof fahren. Heinz meinte zu Else: „Ach. Ich wollte Werner noch nach einem Werkzeug fragen."

Ließ Else stehen und lief zu Werner, der den Wagen nach dem Rufen von Heinz zum Stehen brachte. „Hallo Werner, ich muss hier mal raus."

„Ok, steige ein, ich fahre zur Residenz Glückseligkeit."

Schwupp war er im Wagen und beide rauschten vom Hof.

Oma Thiel kam raus und fragte Else: „War das Werner, der sollte mir noch

Wasser vom Getränkemarkt holen. Jetzt ist er schon weg."

„Sag mal Elfriede, meinst du, dass es Mord war?"

„Was meinst du mit Mord?"

„Na, der Tote von letzter Nacht?"

„Else, du guckst zu viele Krimis. Der ist an seinem eigenen Essen erstickt. Daran ist er gestorben, sonst nichts."

Komm mit ins Haus, wir trinken einen Kaffee zusammen. Und dann erzählst du mir mal, was du für eine Schönheit - OP machen lassen willst.

Sie hakte Else ein und gemeinsam gingen sie gut gelaunt ins Haus.

*N*icht schon wieder

Das mit dem Toten war eine schöne Aufregung. Die Polizei ist aber zu dem Schluss gekommen, dass der Herr am Essen erstickt ist. Damit war die Akte zu.

*

Oma Thiel war glücklich, dass sie endlich
mit ihrem Werner zusammengezogen
war. Er deckte fast jeden Morgen den
Tisch für uns vier.
Else und Heinz kamen immer noch zum
Frühstück, zumindest meistens. Das
hatte sich so eingespielt.
Heinz war froh darüber, sonst hätte er
den Tisch bei sich immer decken
müssen.
Else und Oma Thiel holten sich einen
Kaffee und setzten sich auf die Bank vor
der Scheune, um ein paar
Sonnenstrahlen zu erhaschen.
Es fuhr ein Umzugswagen auf den Hof.
Ein neuer Trakt wurde bezogen. Es
zogen nur Männer dort ein. Ihre
früheren Berufe waren Detektiv, Polizist,
Feuerwehr, oder Berufssoldaten. Sogar
einen kleinen Gangster hatten sie dabei.
Der Trakt hieß:
„Die Panzerknacker."
Haben sie sich selbst ausgesucht. Sie
sprachen eben gern darüber, welche

Heldentaten sie schon vollbracht hatten.
Deshalb hat man sie alle zusammen in
einem Haus untergebracht.
Nach dem Kaffee, den die Mädels
getrunken hatten, kamen Heinz und
Werner wieder. Die Männer setzten sich
zu ihnen auf die Bank und es wurde
sofort berichtet, wer dort einzog.
„Dann sind die aber noch alle ganz
schön knackig, wenn sie solche Berufe
hatten und sind bestimmt gut trainiert.
Dabei schaute sie Heinz eindeutig auf
seinen ausgelassenen Bauch.
Heinz biss gerade von einem Riegel ab
und sprach mit vollem Mund:
„Watt soll dat denn heiten?“
Else meinte: „Das soll heißen, dass du
dich gehen lässt, seitdem wir zusammen
sind.“
Heinz verdrehte die Augen und aß erst
einmal seinen Mund leer.
Dann meinte er: „Werner und ich
werden demnächst zum Fußball gehen.
Eine Altherren Mannschaft.“
Er schaute Werner an und zwinkerte
ihm zu.
Werner wusste zu diesem Zeitpunkt
noch nicht, dass er zum Fußball spielen

sollte. Aber nach dem eindeutigen Augenzwinkern von Heinz bestätigte er das erst einmal.

Die Mädels gingen ins Haus. Die Männer blieben noch sitzen.

„Es hat ja nichts mit Sport zu tun, wenn wir mit einer Flasche Bier und einer dicken Zigarre vor dem Fernseher in deiner alten Wohnung sitzen und die Sportschau zusammen gucken. Werner war überraschender Weise sofort einverstanden.

Danach gingen die Männer zusammen sparzieren.

Heinz rauchte, wie immer, seine Zigarre.

Als Oma Thiel und Else mit dem restlichen Aufräumen vom gestrigen Tag fertig waren, meinte Else:

„Ich bin dann mal weg. Ich habe drüben noch so einiges zu tun. Sie verabschiedete sich von Elfriede und ging nach draußen.

Dann sah sie den Umzugswagen und einige Männer etwas weiter hinten.

Schon lief sie nicht mehr nach Hause, sondern wollte doch mal schauen, wer da noch einzieht.

Ein gutaussehender älterer Mann blieb
stehen, um Else zu begrüßen.

„Hallo schöne Frau," meinte er zu Else,
„darf ich mich vorstellen. Gestatten, ich
heiße Hugo Haas, auch gerne nur Hugo."

Else gab ihm die Hand, oder mehr den
Handrücken, damit er diesen küssen
konnte.

Hugo machte einen gepflegten Eindruck.
Er trug eine Jeans und einen gelben
Pulli. Die Ärmel waren hochgeschoben.
Dabei sah man seine muskellösen
Unterarme, die mit einer starken
Behaarung versehen waren.

Else stellte sich auch vor und beiden
kamen ins Quatschen, als sie von einem
Schrei unterbrochen wurden.

Pippi schrie so laut sie konnte:

„Else, Else, wo bleibst du denn?"

Else verabschiedete sich von Hugo und
lief zu Pippi. Die drückte ihr schon
wieder eine vollgeschissene Windel in
die Hand. Ein beißender Geruch stieg in
Elses Nase.

„Ich bin nicht deine Putzfrau, wo ist
denn dieser Rainer?"

Else blickte hilfesuchend um sich, die
Windel immer noch in der Hand.

Pippi knallte die Tür zu und ließ Else
draußen stehen.

Else ging zum Müllcontainer und
schmiss die Windel weg. Dann suchte
sie Hugo, fand ihn aber nicht mehr.

Also suchte sie Rainer, um ihn mal den
Marsch zu blasen, sich doch besser um
die Dement Kranken zu kümmern.

Sie ging ins Haus zurück und klingelte
bei Demi. Keiner öffnete. Dann klingelte
sie nebenan. Eine ältere Dame öffnete
und meinte:

„Wer sind sie denn?"

Else räusperte sich und setze gerade zu
einer Antwort an, als sie von jemandem
umgerannt wird.

Es ging alles so schnell, dass Else es nicht
mitgekommen hat. Sie sah nur eine
Gestalt in schwarzer Kleidung
weglaufen.

Die ältere Dame half Else wieder auf die
Beine und meinte: „Das war Rainer, der
hat es immer so eilig."

Dann ging sie, ohne eine Antwort
abzuwarten in ihre Wohnung und
schloss die Tür.

Else ging zu der Wohnung, wo Rainer
rausgestürmt sei und wollte,

nachschauen, was ihn so erschreckt hatte. Die Tür war nur angelehnt. Trotzdem klingelte sie. Einmal, zweimal. Als sich keiner meldete, ging sie in die Wohnung, wo die Tür nur angelehnt war.

„Hallo," rief sie. „Hallo, ist jemand zu Hause?"

Alles leer. Ein halb voller Teller mit Knödeln, Blattspinat und einem Bratwürstchen war halb leergegessen. Ein Glas Wasser stand daneben. Neben dem Tisch lagen eine Zeitung und ein Kugelschreiber. Es wurde versucht, ein Kreuzworträtzel zu lösen. Ein Kreis war auffällig, weil sich darin nur ein Buchstabe befand, und zwar ein A.

Else rief nochmal. Nichts.

Sie öffnete die Tür zum Badezimmer, leer.

Sie ging zurück und ging um den viel zu groß geratenen Tisch. Sie stolperte fast, als sie bemerkte, dass da etwas lag. Ein Mann lag regungslos auf dem Boden. Er hatte den Notruf in der Hand, allerdings nicht gedrückt. Das sah man, weil das rote Licht noch nicht leuchtete.

Etwas Blattspinat war noch an seinem Mund.

Else suchte nach seinen Puls. Nichts. Der Mann war tot.

*K*ampfsport

Else muss dringend eine Kampfsportart lernen. Erstens gibt es da junge Männer und zweitens kann sie sich das nächste Mal verteidigen.
Der Tanzkurs, den sie mit Heinz vor einem halben Jahr gemacht hatte, ging voll in die Hose. Heinz sah beim Tanzen aus, als wenn er ein Lagerfeuer austreten wollte, was er nicht mehr unter Kontrolle hatte. Außerdem war beim Tanzen jeder mit seinem Partner da.
Also konnte sie schlecht Heinz, den keiner haben wollte, tauschen.

Else rief mich an, weil sie wusste, dass ich 25 Jahre Jiu-Jitsu gemacht habe und auch Unterricht gegeben hatte.
Es klingelte:
„Hallo Conny," schrie mir Else entgegen.
„Ich will eine Kampfsportart lernen. Welche ist denn am besten?"
„Ja aber hallo liebe Else. Das ist mal eine Überraschung, dass du mich anrufst. Warum willst du denn mit einem Mal eine Kampfsportart ausüben.
Ist was passiert?"
„Ja, zwei Morde in zwei Tagen. Der Mörder hat mich weggeschubst. Da bin ich gefallen. Elfriede sagt, du hast ja Erfahrung in so etwas.
Dir wäre es nicht passiert."
„Moment, ich höre immer nur Mord. Davon wusste ich ja gar nichts. Oma Thiel hat mir nichts erzählt."
„Sie glaubt auch nicht an Mord. Elfriede sagt, die Leute sterben, weil sie alt sind. Ich weiß es aber besser. Was ist nun, kannst du mir eine Schule empfehlen?"
„Nun ja, also wenn du Karate lernen willst, gehst du auf Abstand.

Du schlägst mit den Händen und mit den Füßen.

Beim Aikido weichst du eher aus und nimmst den Schwung des Angreifers mit."

„Aha," kam kurz durchs Telefon. Sie verstand kein Wort.

„Beim Judo hast du sehr viel Körperkontakt und sehr viele Würfe." Else unterbrach mich.

„Das nehme ich, ich meinte das mit dem Köperkontakt."

Else dachte sich: ‚*wenn sie schon so einen Sport macht mit den jungen Männern, dann doch mit Köperkontakt.*'

„Warte mal, das ist ganz schön heftig. Dann gibt es da noch Jiu-Jitsu.

Da hast du alles drin und kannst dich noch mit Waffen auseinandersetzten." Ich war jetzt am Ende meiner Erzählungen.

„Hm, kam aus dem Hörer. Ist es der Sport, den, du gemacht hattest?"

„Ja, genau. Ich wollte mich gegen alles durchsetzen. Außerdem heißt Jiu-Jitsu übersetzt:

„Die sanfte Kunst."

„Gibt es da auch so Anzüge?", *wollte Else jetzt wissen.*

„Nee, die musst du selbst kaufen. Auch die Gürtel dazu, in verschiedenen Farben.

Du fängst mit weiß an, dann kommt gelb, grün, blau, braun und dann kommt schwarz. Dann darfst du dich Meisterin nennen."

„Dann nehme ich gleich den schwarzen. Der passt so schön zum weißen Anzug. Hast du auch einen schwarzen Gürtel?" Ich lachte: „Ja, ich habe den dritten Dan. Sozusagen den dritten schwarzen Gürtel."

„Reicht da denn nicht einer?" kam unwissentlich zurück.

„Das nennt man so, wenn man sehr weit kommen möchte, und du musst dir alle Gürtel erkämpfen."

Gucke mal in den Gelben Seiten, was die so in deiner Nähe anbieten."

„Ok, das mache ich, ich lass es dich dann wissen. Und noch was. Es soll keiner wissen, dass ich sowas mache.

Außerdem will Heinz dann garantiert wieder mitkommen.

Elfriede zeigt mir einen Vogel und die anderen schütteln sowieso nur mit dem Kopf."

„Ich schweige wie ein Grab."

Wir lachten beide und verabschiedenden uns.

Else nahm sich sofort die Gelben Seiten zur Brust und blätterte. Da waren einige Sportschulen drin.

Sie rief bei einer an. Der Herr war sehr nett und meinte, sie solle doch am Freitag dieser Woche mal zum Probetraining kommen. Wenn ich einen Judoanzug habe, soll ich den anziehen, sonst würde auch eine Jogginghose und Sweatshirt reichen.

Der Termin stand.

Als sie gerade auflegte, stand Heinz hinter ihr.

Sie erschrak so sehr, weil sie etwas Verbotenes machte, dass sie Heinz anschrie: „Musst du dich immer so anschleichen!"

„Wieso, ich bin ganz normal hier langgegangen. Mit wem hast du denn telefoniert?"

Else lief rot an.

„Wieso? Ich habe mich zur Gymnastik für ältere Frauen angemeldet. Nur Frauen ab sechzig. Keine Männer."

„Schön," meinte Heinz. Ich werde demnächst auch Sport machen, indem ich mit Werner zum Fußballspielen gehe. Mein Bauch wird immer dicker. Die Hemden spannen schon über dem Bauch.

Vielleicht sollte ich erst einmal mit einer Diät anfangen." Er sagte das mehr zu sich.

Else meinte: „Gute Idee, aber vorher darfst du mich noch zum Essen einladen. Es hat ein neuer Chinese aufgemacht."

Else strahlte ihn an.

„Super, das machen wir. Wollen wir Werner und Elfriede fragen, ob sie mitkommen möchten?"

Gute Idee.

Am Abend saßen alle beim Chinesen und durchsuchten die Karte nach etwas Leckerem.

Else und Elfriede entschieden sich für die Nr. 22 (Garnelen mit Knoblauchsoße und Reis)

Werner nahm die Nr. 25

(Ente süß sauer) Und Heinz überlegte noch, als der Kellner am Tisch auf die Bestellung wartete.

Werner bestellte also die Nr. 25 und ein großes Bier.

Else bestellte Nr. 22 und ein kleines Bier. Elfriede nahm das Gleiche. Nur Heinz fragte den Kellner:

„Entschuldigen sie bitte, aber was heißt das?"

Der Chinese beugte sich zur Karte herunter und meinte:

„Numel 17."

Dann machte er eine Verbeugung.

Alle anderen lachten. Heinz meinte:

„Das weiß ich auch, ich wollte wissen, wie das Gericht auf chinesisch heißt und nicht die Nummer."

Else schaute in die Karte und meinte zum Kellner: „Bitte die Nr. 17 und ein großes Bier."

Der Kellner verbeugte sich abermals und ging in die Küche. Else meinte dann zu Heinz: „Das sind acht Kostbarkeiten, Heinz."

Werner und Elfriede lachten immer noch.

Oma Thiel meinte lachend: „Numel 17."

Sie kriegten sich gar nicht wieder ein.
Der Running Gag war geboren. Die
Chinesen können kein R. sprechen.
Es war ein ausgelassener Abend und
jeder vermied es, über die Toten zu
sprechen.
Else war besonders gut drauf, denn sie
freute sich wie ein Kleinkind auf ihre
erste Kampfsportstunde am Freitag.

ua

Der Freitag war gekommen und Else
fieberte ihrer ersten Stunde Kampfsport
entgegen.
Sie zog in der Umkleidekabine, in der
fast ausschließlich junge Frauen zu
sehen waren, ihren neu erworbenen
Judoanzug an.
Den Anzug hätte sie vorher lieber
waschen sollen.

Es war steif, und der Gürtel war viel zu lang. Sie band ihn um und machte vorne eine große Schleife. So ging es.

Nur allein das Gefühl jetzt dazu zugehören verlieh ihr Kraft.

Stolz ging sie in ihren Ballettschühchen zur Matte.

Ein gut gebauter Mann kam zu Else gelaufen und meinte:

„Sie müssen Else Schmidt sein, richtig?"

Else nickte und war ganz hin und weg, von so viel Männlichkeit.

Der Trainer hatte einen schwarzen Gürtel um, der völlig verschließen war.

„Wir duzen uns alle, ich hoffe, es ist in Ordnung Else? Mein Name ist Heiner."

Dann verging sich Heiner direkt an Else.

Das heißt, er band ihren Gürtel richtig, nämlich zweimal um den Leib und dann mit einem Knoten vorne zusammengebunden, keine Schleife.

Alle stellten sich nach Gürtelfarbe auf. Von Weiß bis schwarz. Dann gingen sie auf die Knie. Es sah aus, wie eine Laolawelle. Jetzt saßen alle auf ihren Unterschenkeln.

Der Trainer kniete vor uns. Dann sagte er: ‚Za-sen'.

Alle schlossen die Augen.
Der von Elses Seite aus, ganz rechts
gesehen, sagte kurze Zeit später: ,Re'.

Danach beugten alle ihren Oberkörper
zu Boden. Jetzt standen alle der Reihe
nach wieder auf. Angefangen von
Heiner, dann der Schwarzgurt, ganz
rechts. Else war die Vorletzte. Sie kam
aus dieser Haltung nicht so schnell hoch.
Es sah etwas umständlich aus, als Else
aufstehen wollte. Also gab Heiner den
beiden neben Else ein Zeichen. Die
hakten Else ein und schwupp, war sie
hochgezogen.
,Geht doch', dachte Else.
Heiner erklärte seinen Schülern: „Das ist
Else," dabei zog er Else ein wenig nach
vorn, damit man sie besser sehen
konnte.
Es wurde getuschelt über das Alter.
Heiner meinte zu Else: „Möchtest du
etwas sagen?"
„Ja gerne," antwortete Else.
„Mein Alter ist nicht so wichtig. Obwohl
meine Freunde letztens meinen 18ten
Geburtstag gebührend gefeiert haben.

Bei uns sind in den letzten Wochen zwei Menschen ermordet worden.
Deshalb möchte ich mich verteidigen, damit ich nicht die nächste bin.
Ich turne bis zur Urne, sozusagen."
Alle applaudierten anerkennend.
Heiner meinte zu Else:
„Dein Partner ist heute Ralf."
Ein Alete Milchgesicht grinste Else an. Die war völlig enttäuscht. Was soll sie denn mit so einem Bubi anfangen. Er sah aus wie zwölf.
Sie wollte einen starken Mann, der sie auf Händen trug.
Keine Wiederrede, sagte sie sich. Dann arbeite ich mich eben hoch.
Alle sollten laufen, im Kreis.
Nach einer halben Runde konnte Else schon nicht mehr. Sie pustete, wie ein alter Kahn. Heiner rief: „Schön langsam machen Else.
Immer, so wie du kannst!"
Else winkte ab. Die anderen überrundeten Else schon mehrmals.
Ralf, der Alete Junge lästerte:
„Na, alte Frau, deinen Rollator nicht dabei?"

Das bekam Heiner mit. Schon sprintete er los, packte ihn und schmiss ihn im hohen Bogen über die Schulter.

Ralf knallte in den Boden.

„Aua," schrie der auf.

Heiner zog ihn hoch und machte das Gleiche noch dreimal.

Ralf konnte nichts mehr bei sich behalten, weil er vorher Pizza gegessen hatte.

Er übergab sich.

Else meinte singend:

„Alete kotzt das Kind!"

Ralf musste alles sauber machen und danach Strafrunden drehen.

Else wurde jetzt einem Blau Gurt zugewiesen. Der war sehr muskulös. Else durfte ihn auch werfen mit einem O - goshi (Schulterwurf). Der Blau Gurt hieß Tom. Der war richtig lieb und flog fast allein über Else rüber.

Das Ganze ging 1,5 Stunden.

Danach gingen alle duschen.

Die Mädels fragten Else, ob sie noch mitkommen möchte, etwas trinken. Das sei so üblich. Sehr gerne war Else dabei.

Sie hatte jetzt neue Freunde, wo sie
Anerkennung bekam. Ralf hatte sich
noch bei Else entschuldigen müssen.
Er hatte ihr sogar einen ausgegeben.
Alle fragte Else nach den Morden aus.
Sie stand im Mittelpunkt.
Zusammenhalt hat man nur als Gruppe.

Contenance

Else konnte sich am nächsten Morgen
nicht mehr bewegen.
Sie hatte einen Muskelkater vom
Feinsten.
Sie wusste gar nicht, dass es an so vielen
Stellen weh tun kann. Sie lag um 10:00
Uhr immer noch im Bett.
Heinz schnaufte. Wo treibst du dich
denn neuerdings immer rum.

Du bist so kaputt, dass du um 10:00 Uhr immer noch im Bett liegst. Ich gehe jetzt allein zu Elfriede und Werner frühstücken.

Wann machen wir mal wieder was zusammen?"

Viel zu viele Fragen am Morgen für Else. Deshalb meinte sie schlecht gelaunt zu Heinz:

„Kauf dir doch einen Bumerang, der kommt von ganz allein zu dir zurück."

Beleidigt zog Heinz ab.

Else versuchte sich aus ihrem Bett zu schälen. Sie ging ins Badezimmer und ließ sich heißes Wasser in die Wanne laufen. Das würde ihr guttun.

Als sie fertig mit Baden war, ging es ihr schon etwas besser.

Sie zog sich eine Jogginghose und ein geräumiges Sweetshirt an.

Als sie gerade die Turnschuhe zuband, um rauszugehen, kam Heinz wieder. Er fummelte noch mit einem Zahnstocher in seinen Zähnen rum.

„Wo willst du denn hin," fragte er, als er Else in Joggingsachen sah.

„Ich gehe mal rüber zu den Dement
Kranken und statte Pippi einen Besuch
ab."
Sie brauchte ihm nicht auf die Nase
binden, dass sie an den Panzerknackern
auch vorbeikommt.
„Kommst du mit?", fragte Else
scheinheilig.
„Nee, lass mal.
Ich habe die Zeitung noch nicht durch."
Dabei klopfte er mit der
zusammengerollten Zeitung auf seine
freie Hand.
Nach einem kleinen Küsschen
marschierte Else los.
Sie suchte nach den Namen auf den
Fußmatten.
Da war es, Hugo.
Sie läutete.
Hugo öffnete ihr die Tür.
Er hatte auch Joggingsachen an.
Allerdings hatte Else die Sachen nicht
angezogen, um zu joggen, sondern aus
Gemütlichkeit.
„Oh, hallo Else," begrüßte er sie.
„Wollen sie mit mir joggen gehen?"

„Oh, äh, nein, ich war gerade," log sie.
Wollte nur kurz wissen, ob alles in
Ordnung ist?"

Hugo kam zu Else raus und verschloss
seine Tür. Seinen Schlüssel hatte er an
einem langen Band. Er steckte die
Schlüssel in die Tasche und zog diese
mit einem Reißverschluss zu. Das Band
ließ er einfach aus der Tasche hängen.

„Ja, bei mir ist alles gut und bei dir?"
Er schaute schon ungeduldig auf seine
Uhr und tippelte leicht mit den Füßen.
Hugo hatte keine Zeit für eine
Unterhaltung, das war klar.

Else bemerkte seine Ungeduld und
meinte schnell: „Dann bin ich ja
beruhigt."

Sie drehte sich um und meinte: „Viel
Spaß beim Laufen, die Luft riecht schon
nach Frühling."

Sie verabschiedeten sich.

Da Else schon mal da war, ging sie
weiter und klingelte bei Pippi.

Sie öffnete sofort, war ausgesprochen
nett und hatte keine Windel in der
Hand.

„Ich wollte auf den von Ihnen
angebotenen Kaffee zurückkommen."

„Ja gerne, kommen Sie rein."

Drinnen sah es sehr aufgeräumt aus.

Pippi bemerkte den Blick von Else,
deshalb meinte sie: „Die Putzkolonne
war gestern hier, deshalb sieht es hier
so aus."

Sie goss etwas in einen Becher und gab
es Else.

„Bitte schön, der Kaffee."

Als Else ihn trinken wollte, bemerkte sie,
dass es gar kein Kaffee war, sondern
Tee.

Else sagte aber nichts.

„Ich wollte nochmal nachfragen, was sie
neulich gesagt hatten. Wie ist denn
Rainer so?"

„Rainer, welcher Rainer?"

Else schaute sie verwirrt an.

„Na, letztens, als der Mord war, kam
doch Rainer,
der immer das Essen bringt, aus der
Wohnung des Verstorbenen?"

„Verstorbenen, wer ist den gestorben?",
fragte Pippi nach.

So hatte das keinen Sinn darüber zu
sprechen. Else fiel wieder ein, dass sie
im Bereich der Dementen war.

Deshalb meinte Else: „Och, dann habe ich mich wohl geirrt."

Else trank ihren Tee rasch aus und erhob sich zur Verabschiedung. Freundlich sagte Else: „Vielen Dank für den Tee und bis bald mal."

Pippi antwortete: „Das war Kaffee, meine Liebe. Ist aber nicht schlimm. Auf Wiedersehen und grüßen sie Rainer von mir." Galant schob sie Else raus und verschloss die Tür.

Else dachte: *‚so möchte ich nicht enden, die Arme.‘*

Als sie gerade wieder den Flur entlangging, bemerkte Else wie sich die Tür von Demi öffnete.

Else blieb stehen und ging einen Schritt auf die Tür zu.

Sie ging von allein auf. Else fragte: „Hallo, hallo." Nichts.

Sie ging hinein. Demi saß angezogen auf dem Küchenstuhl und sagte:

„Oh hallo Else, hast du Rainer gesehen? Der wollte mich abholen. Wir wollten im Park eine Runde sparzieren gehen.

Else nahm neben Demi auf dem freien Stuhl Platz.

„Nein, ich habe ihn nicht gesehen. Wie ist denn Rainer so zu dir?"

„Das hat mich die Polizei auch schon gefragt.

Zu mir ist er sehr nett und er ist der Einzige, der sich um mich kümmert. Ich habe sonst keinen."

„Das tut mir leid. Aber vielleicht kann ich mit dir sparzieren gehen?"

„Wirklich, das wäre sehr nett."

Else hakte Demi unter dem Arm und ging mit ihm vor die Tür. Als sie ein paar Schritte gelaufen waren, kam ihnen Rainer, völlig aus der Puste, auf einem Fahrrad entgegen.

Unhöflich und schwer atmend fragte er: „Was soll das? Wollen sie mir meinen Job wegnehmen? Die Dement Kranken gehören zu meinen Aufgabengebiet. Suchen sie sich gefälligst eine andere Gruppe!"

Else lief vor Wut rot an und meinte: „Junger Mann, wenn sie so weiter pflegen, ist bald keiner mehr da.

Und passen sie das nächste Mal auf, wen sie umrennen. Schönen Tag noch."

Sie verabschiedete sich freundlich von Demi und ließ den verdatterten Rainer zurück.

Ihr Gefühl sagte, der hat was mit den Toten zu tun. Den muss sie im Auge behalten.

Als sie über den Hof und zum Stall ging, um nach den Tieren zu sehen, kam ihr Hugo entgegen. Schwer trabend blieb er neben Else stehen.

Sie meinte: „Schon fertig mit Laufen? Das ging aber schnell."

„Keuch, wieso? Eine halbe Stunde ist doch gut für mein Alter."

„Wie alt sind sie denn?", fragte sie unverblümt.

„82 Jahre, aber noch topfit."

Wenn Else so recht überlegt, sieht Heinz viel älter aus und ist dennoch drei Jahre jünger.

Hugo ist richtig gut in Form.

„Und sie, wie alt sind Sie?" fragte er Else. Sie wurde puterrot und meinte: „Mit Sicherheit eine ganze Ecke jünger als sie. Außerdem fragt man so etwas eine Frau nicht."

Die Beiden gingen plaudernd in den Stall und setzten sich auf einen Heuballen.

Sie kamen ins Gespräch und Else
erzählte von den zwei Morden. Auch
Hugo hatte sich schon mit seinen
Leuten,
aus seinem Haus, darüber unterhalten.
Sie wollten die Augen offenhalten. Vor
allem, nachdem Else ihm von Rainer,
dem Pfleger erzählt hatte. Else
sammelte noch sechs Eier ein und
schenkte sie Hugo. Der bedankte sich
brav und meinte: „Vielen Dank für die
Eier und das nette Gespräch."
Else gefiel Hugo. Obwohl er schon so
uralt war.
Er sah interessant aus, mit seinem grau
melierten Haaren.

Als Else zurück in ihr Haus ging, kam ihr
Heinz entgegen.
„Wir haben nichts mehr zu essen im
Haus. Lass uns Einkaufen fahren. Ich
habe einen Bärenhunger."
Else zog sich schnell um, um nicht im
Jogginganzug in die Stadt zu fahren.

Als sie zum Auto gingen, kam ihnen Oma
Thiel entgegen. Sie schloss sich den
Beiden an, weil sie auch noch einkaufen
musste und Werner wieder nicht zu
finden war.
Mit Else einkaufen zu fahren, ist immer
ein Wettlauf. Sie rennt durch die Gänge
und schmeißt wahllos alles in den
Einkaufswagen, was ihr in den Sinn
kommt.
Oma Thiel hingegen geht langsam durch
jeden Gang und schaut sich alles genau
an. Dann bückt sie sich, weil die
günstigen Lebensmittel meistens unten
liegen. Auch JA - Produkte legt sie in
ihren Einkaufswagen.
Heinz hingegen steht die ganze Zeit,
nachdem er Bier und Ramazzotti in den
Wagen gelegt hat,
an dem Zeitungsständer und blättert
alles durch.
Wenn Else fertig ist, ruft sie Heinz und
marschiert an der Warteschlange
vorbei, bis nach vorn. Dann schiebt sie
ihren Wagen direkt an die Kasse und
drückt die anderen Kunden nach hinten
weg. Wenn diese sich dann beschweren,
weil sie natürlich nicht nur ein Teil,

sondern den ganzen Wagen voll hat, meckert Else: „Noch nie was von Reißverschlussverfahren gehört, was?"

Ein sehr junger Mann, den sie weggeschoben hatte, beschimpft Else als ‚alte Kuh.'

Heinz fragt Else: „Was regt der sich denn so auf?"

Else meinte dann ganz entspannt: „Keine Ahnung, auf alle Fälle ist der noch nicht ganz ausgebrütet. Schiebe den mal zurück ins Nest."

Der junge Mann daraufhin.

„Geh ins Altenheim, Alter."

„Wenn sie schon so mit mir reden, dann bitte doch Alte, ich bin weiblich. Und sie gehen am besten zurück in ihren Brutkasten und warten noch vier Wochen, bevor sie schlüpfen."

Während Heinz alles aufs Kassenband legte und die Kassiererin anfing die Ware durch die Kasse laufen zu lassen, beendete Else den Dialog mit den Worten: „Spacken!"

Oma Thiel stand weiter hinten in der Schlange und schüttelte nur den Kopf. Ihr war es peinlich, mit den Beiden einkaufen zu gehen.

Als Elfriede endlich auf den Parkplatz
kam, saß Else auf der Kühlerhaube und
aß ein Eis. Heinz nuckelte an seiner
Bierflasche.
„Wieso musst du um diese Uhrzeit
schon Alkohol trinken!" Oma Thiel war
außer sich.
Heinz drehte die Flasche um und
meinte: „Alkoholfrei."
Missmutig packte Oma Thiel ihre Sachen
vorsichtig in den Kofferraum.

Als sie zurückfuhren, wollten sie gerade
auf den Hof fahren, als ein Polizist sie
anhielt.
„Sie dürfen hier im Moment nicht rauf,
alles gesperrt."
Während Heinz mit den Polizisten
redete, stieg Else, die hinten saß, aus.
Sie schlich sich an der Seite zum Hof.
Dann sah sie einen Scharfschützen in
voller Montur mit einem
Maschinengewehr im Anschlag.
Sie schaute nach oben. Auf dem Dach
war auch einer.
In der Scheune auch.

Else ging jetzt direkt über den Hof.
Werner kam ihr entgegengelaufen:
„Else, was machst du hier? Gehe bitte in
Deckung."
Als sie Werner sah, sagte sie:
„Hast du einen neuen Freundeskreis,
Werner? Stell mir die Herren doch mal
vor."
Werner zog Else von dem freien Platz
weg. Das sind nicht meine Freunde, das
sind Scharfschützen. Die wurden
alarmiert, weil jemand auf dem Platz
mit einer Waffe gesehen wurde.
Jetzt versuchen sie rauszubekommen,
wo der ist. Komm ins Haus. Weißt du wo
Elfriede ist?"
„Ja, bei Heinz im Auto. Weißt du denn,
wer das ist, vielleicht Rainer?"
Ein Schuss unterbrach die Unterhaltung.
Alles war still. Nur Hühner liefen
gackernd zurück in den Stall.
Die Stimmung war angespannt.
Dann kam jemand, mit der Pistole in der
Hand, auf den Platz und schoss wild in
die Luft. „Ich kriege dich, du elender
Schurke," rief der.
Dann kam eine Durchsage der Polizei:

„Legen sie die Waffen nieder und ergeben sie sich. Legen sie sich flach auf den Bauch und legen sie die Arme nach hinten."

Es kam noch ein zweiter raus und beide legten ihre Waffen auf den Boden und sich selbst auf den Bauch. Einer weinte. Zwei Uniformierte liefen zu den Liegenden und drehten sie um. Nico und sein Freund Rene spielten Cowboy.

Rene heulte und Nico rief laut: „Mama!"

Else bekam einen Lachflash und kriegte sich gar nicht wieder ein.

Ein Polizist meinte:

„Das war wohl nichts."

Pippi kam rausgelaufen und hatte ihre obligatorische Windel in der Hand.

„Haben sie die Mörder endlich gefasst? Wird auch Zeit." Der Polizist schaute sie verwirrt an.

„Haben sie uns angerufen?"

„Ja klar, sonst macht ja keiner was."

Dann drückte sie ihm die Windel in die Hand und ging ins Haus zurück.

Else hielt sich ihren Bauch vor Lachen und konnte gar nicht mehr aufhören.

Kathi kam auch angelaufen.

„Was habt ihr denn nun schon wieder angestellt?"

Sie schimpfte mit den Kindern.

Nico meinte, „wir haben Cowboy gespielt und haben einen Mann erschossen, der liegt da hinten auf dem Feld!"

„Ja, ja, ist schon gut Nico, nun sei still, sonst machst du das alles noch schlimmer."

Kathi nahm den Kindern die Spielzeugwaffen weg und versteckte die Knall Munition.

Dann schickte sie sie ins Haus und meinte zu den Polizisten: „Tut mir leid, Kinder eben."

„Ist schon gut," meinte der verständnisvoll und dann durchs Mikrofon, „Operation beendet, Jungs. Wir fahren wieder ab."

Als sich alles wieder beruhigt hatte und es wieder ruhig wurde, gingen alle in ihre Häuser und es wurde still auf dem Hof.

Besonders still war es allerdings auf dem Feld.

Da lag Demi tot im Graben, aber das
wusste zu diesem Zeitpunkt noch
keiner.

Die Panzerknacker

Am nächsten Morgen ging Oma Thiel
gutgelaunt mit ihrem Hund Struppi über
die Felder. Während der Hund über die
Felder Hasen jagen wollte, was er
natürlich nicht schaffte, auch nur
annähernd an die Tierchen
ranzukommen, genoss Oma Thiel die
ersten Sonnenstrahlen.
Als der Hund diesmal mit einem
Riesengebell am Graben hielt und
immer versuchte,
in den Graben zu springen, dann doch
wieder rauskam, war Elfriede allmählich
von dem lauten Gebell genervt.
„Aus - Struppi, aus jetzt. Komm hier
her."

Else, die gerade die Eier aus dem Stall geholt hatte, grinste, und dachte:
‚Elfriede ist viel zu lieb zu Struppi. Sie konnte sich nicht durchsetzen.‘
Oma Thiel wollte die Sonnenstrahlen genießen und die Ruhe. Aber mit der Ruhe nimmt es Struppi nicht so genau. Sauer, über das Gebell ging sie zum Hund: „Struppi, ist gut jetzt!"
Dann sah sie, warum der Hund nicht aufhören konnte zu bellen. Im Graben lag jemand, der ziemlich verdreht aussah und so tot.
„AAAAAHHHHHHH…HILFE…!"
Oma Thiel schrie so laut, dass Else so ruckartig die Eier auf den Boden stellte, dass zwei gleich kaputt gingen.
Dann raste Else zu Elfriede auf das Feld. Der Hund bellte immer noch und bekam sich gar nicht wieder ein.
Völlig außer Atem meinte Else: „Was ist denn los?"
Oma Thiel hielt die Hand vor den Mund und zeigte mit der anderen Hand auf den Toten im Graben.
Else schrie: „Oh nein, bitte nicht Demi, nein, nein, nein!

Elfriede, nimm den Hund und bringe ihn weg und rufe bitte die Polizei. Ich bleibe hier."

Sie hielt ihre Finger an die Halsschlagader. Dann nickte sie Elfriede zu und meinte: „Den Leichenwagen kannst du gleich auch anrufen."

Oma Thiel nahm Struppi an die Leine und zerrte ihn weg.

Else lief eine Träne über die Wange.

‚Demi war so anständig, dachte sie. *Wer tut so etwas.'*

Sie schaute ihn traurig an, indem sie sich neben ihn am Rand des Grabens setzte. Dabei bemerkte sie, dass er seine Hand zur Faust geschlossen hielt. Else wunderte sich und versuchte die Hand zu öffnen. Schon mit einem komischen Gefühl in der Magengegend. Es war sehr schwer, aber dann ließ sich die Faust doch öffnen.

Sie fand einen Knopf vor.

Sie nahm ihn aus der Hand und dachte, dass er vielleicht zu ihm gehörte.

Er war silberfarben, seine Knöpfe waren allerdings Schwarz. Und es waren auch alle da. So sah es zumindest auf den ersten Blick aus.

Else überlegte: ‚*Vielleicht gehörte der Knopf ja dem Mörder?*‘

Sie wurde, als sie Stimmen hörte, aus ihren Gedanken gerissen. Die Polizei war da und riefen: „Hallo, Frau Schmidt!"

Else ließ unbewusst den Knopf in ihre Tasche gleiten.

„Ja, hier Herr Wachtmeister, hier im Graben!"

Dann machte sie Platz, damit ein Polizist seine Finger auf die Halsschlagader legen konnte.

„Das habe ich auch schon gemacht," meinte sie. „Demi ist tot."

„Demi? Sie kennen den Herrn?"

„Ja, ich weiß nur, dass er Demi heißt und drüben bei den Dement Kranken wohnt."

Der andere Polizist meinte dann: „Ganz klarer Genickbruch. Ich denke, er ist in den Graben gestürzt und hat sich dabei das Genick gebrochen."

Der andere nickte.

Else schaute die beiden Polizisten an und meinte aufgebracht: „Ach, so ist das also. Nur weil Demi dement war, soll er so blöd sein und sich das Genick

brechen, was? Der dürfte gar nicht allein
raus gehen.
Der hatte einen Pfleger, der heißt
Rainer, und zwar mit ai.
Vielleicht hat der ihn umgebracht."
Die Leichenträger rückten an und Else
meinte zu ihnen: „Klar, der Fall ist für
die Bullen schon abgehakt, ist ja auch
einfacher so." Wutentbrannt ging Else
an den Leuten vorbei und marschierte
zum Hof zurück.
Sie hörte noch einen Polizisten sagen:
„Moment bitte noch, da muss erst die
Spurensicherung ran!"
Else nickte zufrieden und ging weiter.
Dabei steckte sie, weil es noch kühl war,
ihre Hände in die Tasche.
Der Knopf, soll sie den Polizisten davon
erzählen? Sie begutachtete den Knopf
genauer. Sie murmelte: „Irgendwo habe
ich diesen Knopf schon mal gesehen."
Sie steckte ihn wieder in die Tasche.
Oma Thiel kam ihr mit Werner und
Heinz entgegen.
Alle fragten Else: „Und was ist?"
Else zuckte mit den Schultern.
„Ich weiß es auch nicht."

Rainer kam auf den Hof mit seinem
Fahrrad gefahren.

Werner stellte sich ihm in den Weg.

„Moment junger Mann, hier wird nicht
gefahren, auch nicht mit dem Fahrrad."

Heinz meinte noch hinterher zu rufen:
„Wer sein Fahrrad liebt, der schiebt."

Er schob sein Fahrrad die paar Meter,
stellte es an die Mauer, ohne es
abzuschließen und verschwand in dem
Gebäude, wo Demi gestern noch lebte.

Ein weiterer Wagen fuhr auf den Hof.

Die Spurensicherung.

Sie wurden sofort in die Richtung
gerufen, wo der Tote im Graben lag.

Einer der Beamten kam auf die Gruppe
zu, in der Else stand. Er fragte:

„Wo finde ich den Pfleger Rainer mit
ai?"

Der kam gerade aus dem Haus gelaufen
und rief: „Demi, Demi, wo steckst du!"

Else dachte:

‚Heuchler.'

„Da ist er." Else zeigte mit dem Finger
auf Rainer.

Dabei schaute sie Rainer unauffällig an,
ob irgendwo ein Knopf fehlte. Aber
nichts.

Else konnte nichts verstehen, außer Alibi. Der Beamte machte sich Notizen. Heinz und Werner machten sich vom Acker, weil sie angeblich zum Baumarkt fahren wollten. Oma Thiel meinte: „Sorry, aber der Appetit ist mir fürs Frühstück vergangen."

Damit ließ sie Else allein auf dem Hof stehen.

Sie wollte gerade zurück ins Haus gehen, als Hugo Haas mit seinem eleganten Trainingsanzug um die Ecke bog und reichlich verschwitzt aussah. Trotzdem sah er sexy aus, fand Else zumindest.

Ein wenig aus der Puste fragte er Else: „Was ist denn hier los? Ziehen hier neue ein?"

„Ne, aber es ist gerade ein Zimmer frei geworden. Demi ist ermordet worden." Sie erschrak über sich selbst, als sie das sagte. Weiß sie das denn? War sie sich sicher?

Oder war es nur ein Unfall?

Auf alle Fälle fing Else an zu weinen. Hugo nahm sie in den Arm, sie gingen in den Stall und setzten sich auf den Heuballen, der noch vom letzten Mal dastand.

Hugo versprach die Augen aufzuhalten und auch diesen Rainer im Auge zu behalten.

Hugo meinte, dass er sich mit seiner Gruppe, den Panzerknackern zusammen setzten wollte, um Wachen aufzustellen.

Das beruhigte Else ein wenig.

Am Nachmittag zogen zwei neue Gruppen ein.

Das eine Haus war lila und nannte sich: „Die Mainzelmännchen."

Es waren ältere Leute, die eine Spielegemeinschaft hatten, nicht um Geld spielten, sondern um Leckereien.

Das können Süßigkeiten sein, Zigaretten, Zigarren, oder Eierlikör.

Das andere war das Highlight schlechthin.

Es war der Kindergarten.

Alles in Zitronengelb und die Gruppe nannte sich:
„Fruchtzwerge."

Die Kinder waren zwischen zwei und fünf Jahren.

Die hatten einen Streichelzoo und sie durften sich einen

Opa oder eine Oma aussuchen, die
keine Verwandten, oder selbst keine
Enkelkinder hatten.
Für den Nachmittag war die Presse
bestellt und es sollte Kaffee, Säfte und
Kuchen geben.
Oma Thiel war schon mit Backen
beschäftigt, ohne Ende. Sie freute sich.
Endlich mal etwas Positives auf dem
Hof.
*‚Mit drei Toten konnte man nicht
prahlen*, dachte sie sich. *Das wird uns
allen guttun, vor allem Ole, der braucht
gute Werbung für sein Projekt:
Sonnenschein.'*

Was war das alles aufregend.
Von dem Toten, der am Vormittag
gefunden wurde, war keine Rede mehr.

Kinder, alle kunterbunt angezogen liefen umher. Struppi, der sehr kinderlieb ist, spielte mit den Kindern und ließ sich auch von allen Kindern streicheln.
Die Hühner gackerten um die Wette und liefen alle umher.
Die Ställe mit den Häschen wurden immer für zwei Kinder bereitgestellt, die dann Mohrrüben verfüttern durften.
Zu den Meerschweinchen durften auch immer nur zwei Kinder in den Stall.
Die Tiere müssen sich erst einmal dran gewöhnen, dass die Kinder sie besuchten.
Die kleinen Ziegen ließen sich füttern und Rudi, der Esel ließ Kinder auf sich reiten, ohne Sattel.
Ein Pony mit Sattel wurde von Nico an der Leine geführt, damit nichts passiert.
Alle alten Leute kamen raus, tranken Kaffee und aßen Kuchen. Sie freuten sich über so viel Ablenkung.
Es gab einen Stand, wo sich Alt und Jung gegenseitig Farbe ins Gesicht malen durften.
Ballspiele wurden angeboten, eine Hüpfburg stand am Rande vom Hof auf der Wiese.

Die Presse fotografierte fleißig und schrieb alles auf.

Die Fruchtzwerge waren ein voller Erfolg.

Die Panzerknacker hatten ihre alten Uniformen angezogen. Hugo, der Polizist, Erwin, der Detektiv, Ulli, der Richter und Stefan, der Bandit mit einer Zorro Maske, die natürlich alle Kinder haben wollten.

Der Tag fing schlecht an, aber die Sonne erwies der Residenz ‚Sonnenschein' alle Ehre.

Am späten Nachmittag stand die Sonne ziemlich tief. Etwas funkelte in Elses Augen. Sie hob die Hand, aus Schutz vor den Strahlen und versuchte dort hinzuschauen, wo das Blinken herkam. Aber es war nichts zu erkennen, außer dass Hugo sich mit Rainer unterhielt, und zwar nicht gerade freundlich.

Da Else von Kindern angerempelt wurde, war sie kurz abgelenkt. Als sie wieder zu den Beiden schaute, waren sie weg.

‚Was Hugo wohl von Rainer wollte? Bestimmt hat er jetzt ein Auge auf ihn geworfen, gut so.

Ein beruhigendes Gefühl, einen Menschen, wie Hugo hier zu haben. Und als ehemaliger Polizist machte er einen guten Eindruck auf Else.

Ein großes buntes Auto fuhr hupend auf den Hof.

Der versprochene Clown war da. Ein Künstler, der Luftballons zu Tieren formte und ein Zauberer.

Was hat Ole nicht alles organisiert, um von den Todesfällen in den letzten Tagen abzulenken.

Es war ein voller Erfolg.

Als der Abend näherkam, wurde es ruhiger.

Die Männer standen auf dem Hof und tranken Bier.

Die Frauen waren damit beschäftigt, aufzuräumen.

Als alles erledigt war und die Alten zurück in ihren Unterkünften waren, standen nur noch Heinz, Else, Werner, Ole, Kathi und Oma Thiel an einem der Stehtische.

Sie stießen auf den Erfolg an. Trotzdem lag ein dunkler Schatten auf dem Hof.

Drei Tote nach so kurzer Zeit ist nicht normal.

Einer erstickt an Grünkohl.

Einer an einem Herzinfarkt beim Essen verstorben.

Und einer mit einem Genickbruch das Zeitliche gesegnet.

Oma Thiel lief kurz ins Haus, holte die Flasche Ramazzotti, mit Gläsern und meinte:

„Wir stoßen jetzt auf die an, die nicht mehr unter uns sind, weil ich denke, dass man die auf keinen Fall vergessen sollte."

Als sich alle zuprosteten, fuhr ein Fahrrad an ihnen vorbei, und zwar das Fahrrad mit Rainer. Er schob es nicht, sondern fuhr provozierend an ihnen vorbei mit dem Spruch:

„Wohl bekomms!"

Alle schauten ihm hinterher.

„Na warte," meinte Werner. Elfriede hielt ihn am Ärmel zurück. „Komm, lass gut sein für heute."

Grummelnd hielt sich Werner zurück.

Else meinte daraufhin:

„Wisst ihr eigentlich mehr vom Rainer? Wo kommt er her, welche Ausbildung hat er? Wie alt ist dieser Bursche eigentlich? Wer sind seine Eltern?"

Ole meinte:

„Seine Mutter ist wohl sehr krank. Sein Vater ist ein Alkoholiker. Er arbeitet seit einem Jahr im Pflegedienst. Die Älteren sind alle zufrieden.

Keine Beschwerden. Ich meine, er ist 24 oder 25 Jahre.

Er ist sehr schüchtern und zurückhaltend. Spricht nur das Nötigste, wenn er gefragt wird. Warum fragst du, Else?"

„Ich weiß auch nicht so Recht. Irgendetwas stört mich an dem Jungen, ich weiß nur noch nicht was."

Dann tranken alle noch einen Ramazzotti und machten Schluss für heute.

*D*er Kuss

Else konnte nicht schlafen. Sie machte einen kleinen Sparziergang über den Hof.

Sie musste dauert an Demi denken.

Heinz lag schnarchend in ihrem Bett. Er wollte nach dem heutigen Tag Sex haben.

Das hatte Else aber verweigert. Ihr war nicht danach.

Sie schlendere in die Scheune.

Sprach mit den Tieren und beruhigte sie nach so einem langen anstrengenden Tag.

Als sie das Pony streichelte und sie ihm eine gute Nacht wünschte, hörte sie Geräusche. Else erschrak und blieb wie angewurzelt stehen. Vielleicht ist das der Mörder?

„Hallo Else," kam aus einer Ecke. Sie konnte nichts erkennen und fragte: „Wer ist denn da?"

„Ich bin es, Hugo. Kannst du auch nicht schlafen?"

„Ach, du bist es. Hast du mich erschreckt, Hugo. Er hatte noch seine Uniform vom Tag an.

Er kam auf sie zu, streichelte ihre Wange und meinte: „Wir laufen hier Patrouille, damit nicht wieder was passiert."

Else war ganz entzückt von so viel Hilfsbereitschaft.

Sie nahm seine Hand in ihre Hände und flüsterte: „Danke dir, Hugo. Was würden wir nur ohne dich machen."

Er stand ihr nah. Er kam noch näher und dann küssten er sie. Voller Leidenschaft, Liebe, Energie, Vertrautheit.

Als er von ihr abließ, dachte Else still für sich:

,*Das war eine vollwertige Mahlzeit.'*

Wie kann ein Mensch nur so schlecht küssen.'

„Na, wie geht's denn jetzt weiter mit den Herrschaften?"

Heinz stand im Schlafanzug in der Stalltür und nahm das Geschehen wahr.

Else reagierte als erstes: „Oh, hallo Heinz, das ist nicht, wonach es aussieht."

„Ach, wonach sieht es denn aus, meine liebe Else?"

Hugo stammelte, „das war ein Missverständnis, entschuldigen sie bitte."

Hugo nahm zur Abwehr seine Hände hoch, als Heinz auf ihn zuraste.

Else ergriff eine Mistgabel und wollte Heinz und Hugo davon abhalten, aufeinander zuzugehen.

Dabei stieß sie Hugo mit der Gabel auf die Nase, die sofort anfing zu bluten und den Stiel rammte sie Heinz in seine Weichteile.
Aus Versehen natürlich.
Hugo verschwand unter Schmerzen über den Hof in seine Hütte.
Heinz saß gekrümmt am Boden und hielt sich seine Weichteile.
Else tat das sehr leid und meinte:
„Tut es sehr weh?"

Heinz schaute aus seiner gekrümmten Haltung zu Else auf, verzog seinen Mund und sagte unter Schmerzen: „Nein gar nicht, es kitzelt nur ein bisschen."

Auf Elses Schultern gestützt, gingen sie zurück ins Haus.
„Möchtest du jetzt vielleicht SEX?"
Else stellte die Frage, ohne mit der Wimper zu zucken.
„Nein danke Schatz, heute ist mein Bedarf an Stößen erschöpft."
Als sie endlich im Bett waren und Heinz mit Eis im Genitalbereich eingeschlafen war, dachte Else:

,Ich fand Hugo zwar nett, aber küssen kann der überhaupt nicht.'

*D*er zweite Knopf

Else war, nachdem sie es am Vortag vergeigt hatte, an der Reihe, Eier aus dem Stall zu holen. Struppi begleitete sie und freute sich des Lebens.
Als sie die Eier aus den Nestern der Hühner geholt hatte, kaute der Hund auf irgendetwas. Else dachte, dass es vielleicht etwas Ungesundes ist, also sagte sie zum Hund: „Aus Struppi, aus!" Dabei nahm sie seine Schnauze und riss das Maul auseinander. Der Hund verlor etwas aus seinem Maul, und zwar

-----einen Knopf-----

und zwar genauso einen, wie den, den
Else schon in der Hand von Demi
gefunden hatte.

Was sollte das bedeuten?

Sie verstand es nicht mehr.

Als sie den Knopf in Gedanken
versunken anstarrte, sagte jemand:

„Schönen guten Morgen Frau Schmidt."
Erschrocken drehte sich Else um. Rainer
stand vor ihr.

Else dachte: ‚*wusste ich es doch, dass
der Knopf Rainer gehört.*‘

Als sie wieder klar war und ihn von oben
bis unten ansah bemerkte sie, dass
seine Jacke mit einem Reißverschluss
versehen war, aber ohne Knöpfe.

„Guten Morgen Rainer, was verschafft
mir die Ehre?"

„Ich wollte mich bei ihnen
entschuldigen.

Ich habe gehört, dass sie mich
verdächtigen, die alten Leute
umgebracht zu haben."

Else war verwundert, warum will er sich
entschuldigt, wenn er sie doch nicht
umgebracht hatte?

Er redete weiter: „Ich möchte nicht,
dass sie denken,

dass ich ein Mörder bin. Ich liebe die Menschen, ob alt oder jung. Ich könnte keiner Fliege etwas zu Leide tun, das müssen sie mir glauben."

„Wer hat dir das denn erzählt, dass ich dich verdächtige?"

„Hugo hat mich gestern darüber informiert."

‚Stimmt, dachte Else. Die beiden hatten gestern kurz miteinander geredet.
Wieso kommt Hugo darauf, Rainer das zu erzählen?'

Der Junge plapperte einfach weiter: „Ich habe ein Alibi, als das mit Demi passierte. Mein Alibi wurde überprüft, wasserdicht.

Bei den anderen waren es natürliche Tode."

„Nun halten Sie mal die Luft an." Else sprach ihn wieder mit Sie an. „Ich weiß nicht, was ich glauben soll junger Mann, aber ich behalte sie im Auge. Schönen Tag noch." Damit zog Else ab und verschwand im Haus von Oma Thiel.

Es saßen fast alle am Tisch.

Oma Thiel kochte die frischen Eier, die Else ihr gegeben hatte.

Werner und Else saßen am Tisch, als
Heinz gekrümmt in die Küche kam.
Oma Thiel meinte gleich:
„Ach herrje, was hast du denn gemacht.
Hast du einen Hexenschuss?"
Werner sah sofort, dass er sich seine
Weichteile hielt.
„Ich denke eher, er hatte zu viel Sex."
Dabei konnte er sich ein Grinsen nicht
verkneifen.
Heinz antwortete: „Nee, mein Lieber,
Else hat mir eine Heugabel in meine
Weichteile gerammt, weil ich sie beim
Knutschen mit einem anderen Mann
erwischt habe, gestern Abend."
Oma Thiel ließ fast vor Schreck ein Ei
fallen, das sie gerade abschrecken
wollte.
Jetzt reichte es Else. Aufgebracht meinte
sie zu Elfriede: „Heinz macht mal wieder
einen Sturm im Wasserglas, ihr kennt
ihn ja."
Dann wieder gelassen, schenkte sie sich
ein Glas Orangensaft ein.
Heinz wieder: „Ach nee, dass sah
gestern aber ganz anders aus.
Wenn ich nicht dazwischen gegangen
wäre,

hättet ihr Sex miteinander gehabt, wetten?"

Spitz gab sie zurück: „Du wolltest ja nicht, mein Schatz. Und jetzt Themenwechsel. Guten Appetit."

Als sich alle wieder beruhigt hatten, meinte Werner: „Hier in der Zeitung steht, dass die Alters Residenz sehr gut angekommen ist. Die Kinder und die Alten zusammen unterzubringen, wäre eine großartige Idee. Auch der Streichelzoo war, vor allem bei den Kindern, ein voller Erfolg.

Schade, dass der ganze Tag vom Schatten des Todes getrübt war.

„Was," schrien Else und Oma Thiel aus einem Mund.

Werner weiter:

„Ja, steht hier.

Es wird von mehreren Todesfällen seit Eröffnung gesprochen. Es bleibt abzuwarten, ob es sich um Morde, oder natürliche Tode handelt." Dann ließ er die Zeitung sinken.

Alle starrten ihn an.

Es klingelte an der Haustür.

Oma Thiel öffnete, weil sie den
Postboten erwartet hatte, aber es war
Ole mit der Tageszeitung.

„Guten Morgen alle zusammen, habt ihr
schon gelesen? Ich kann den Laden
wieder dicht machen. Es will doch
keiner in eine Wohnung ziehen, in der
es vorher einen Mord gegeben hat."
Er ließ sich auf einen freien Stuhl sinken.

„Papperlapapp," meinte Oma Thiel, „es
ist doch noch gar nichts bewiesen."
Werner nickte eifrig dazu und Heinz tat
es ihm gleich. Dann schob sich Heinz
sein ganzes Ei in den Mund.

Ole meinte, „wir müssen Wachen
aufstellen oder einen Wachdienst
beauftragen."

Werner daraufhin: „Eigentlich eine gute
Idee, aber bisher sind zwei Tote am
Mittagstisch gestorben und einer wohl
in der Nacht,
denn der war ja schon kalt, meinte
Else."

Alle schauten Else an.

„Was guckt ihr mich alle so an? Ich habe
nach seinem Puls gefühlt, ob er noch
lebt."

Werner meinte: „Du hast mir gesagt, dass du seine Hand gehalten hast."

Wieder starren Else alle an.

„Na ja. Erst seinen Puls, dann sein Handgelenk, ach, ich weiß es doch auch nicht mehr."

Else war sich nicht sicher, ob sie das mit dem Knopf sagen sollte.

Ole meinte dann: „Ich habe lange mit der Polizei gesprochen.

Der Tote im Graben hatte Hämatome. Das kann durch den Sturz gekommen sein. Zwei Finger an der einen Hand waren gebrochen."

Else hörte auf zu kauen. Sie wurde rot im Gesicht.

Hatte sie Demi etwa die Finger gebrochen, als sie die Hand mit Gewalt öffnete?

Ole erzählte weiter: „Der Tod muss am Nachmittag eingetreten sein.

Rainer sagte aus, dass Demi zum Essen nicht anwesend war."

Oma Thiel war kreideweiß.

„Ich bin aber noch um 20:00 Uhr mit dem Hund draußen gewesen. Da ist mir nichts aufgefallen. Struppi hatte gebellt.

Aber weil es schon dunkel war, ließ ich
ihn an der Leine. Das hatte ich heute
Morgen nicht. Denn Struppi jagt auch
schon mal den Kaninchen hinterher und
dann ist er weg. Heißt das, der Mann
war tot und ich ging in aller Seelenruhe
da sparzieren?"
Keiner antwortete ihr.
„Danke, mir ist der Appetit vergangen.
Werner, ab jetzt gehst du mit dem Hund
raus."
„Wieso denn ich?"
Werner wollte nicht mit dem Hund
gehen, war ja nicht seiner.
„Weil ich es dir sage, basta."
Heinz sagte solidarisch: „Ich komme mit
dir Werner."
Else: „Ich dachte, du kannst nicht laufen,
weil dir da unten alles so weh tut?"
„Geht schon wieder besser. Ich will nicht
jammern."
Nachdem der Frühstückstisch abgedeckt
war, ging Else zurück in ihr eigenes
Haus.
Sie setzte sich aufs Bett und schaute sich
die beiden Knöpfe genauer an.
Der eine war zerkratzt, kann allerdings
vom Struppi sein,

der darauf rum kaute. Der andere, aus der Hand der Leiche, sah noch gut aus.
Sie machte den Computer an und suchte nach Bildern von Knöpfen.
Das waren Millionen. Dann gab sie Silberknöpfe ein.
Viel zu viele. Als letztes gab sie Silberknöpfe aus Metall ohne Löcher ein.
Ganze zwei Stunden schaute sich Else Knöpfe an. Die sahen fast alle so ähnlich wie die, die sie in ihrer Hand hatte.
Das brachte alles nichts. Sie musste die Leute auf dem Hof besser anschauen, ob vielleicht jemandem ein Knopf fehlt.
Also ging sie auf den Hof.
Oma Thiel kam ihr entgegen.
„Weißt du, wo die Männer mit Struppi hin sind?
Seit über zwei Stunden seien sie mit dem Hund schon weg."
„Nee, weiß ich auch nicht. Vielleicht eine Riesenrunde?"
„Kann ich mir nicht vorstellen," meinte Oma Thiel.

Werner und Heinz ging es prächtig.
Struppi hatten sie Marius, dem Pfleger
von der Residenz *‚Glückseligkeit'*
gegeben, er solle doch bitte mit dem
Hund eine Runde sparzieren gehen.
Nach eineinhalb Stunden war er wieder
da und jetzt wurde Struppi von den
alten Leuten bemuttert, gestreichelt
und gefüttert. Der Hund genoss es.
Heinz rauchte seine Zigarre und beide
Männer tranken ihr Bier dazu.
Männer halten eben zusammen.

Oma Thiel sah Else an und meinte:
„Du hast doch was auf dem Herzen,
Else. Wollen wir beim Gläschen Sekt
reden? Reden hilft immer."
„Aber nur, wenn du mir zuhörst und
nicht wieder alles abwinkst."
„Nein, versprochen." Oma Thiel hob ihre
Hand, zwei Finger nach oben und
schwor.
Else erzählte Oma Thiel alles, was sie
wusste.

Von Demi, von Pippi, von Rainer, von Hugo und dem Kuss, eben alles. Elfriede hörte ihrer Freundin aufmerksam zu. Else zeigte ihr die beiden Knöpfe. Oma Thiel untersuchte sie mit kritischem Blick und meinte:

„Die können von einem Kostüm sein, oder einer Uniform. Auf alle Fälle schon ältere Kleidung."

Else meinte daraufhin sarkastisch:

„Guter Tipp. Aber bitte nicht weitererzählen, ja?"

„Nein, mache ich natürlich nicht. Lass uns doch mal diese Pippi besuchen. Wie heißt Pippi wirklich? Ich denke, du hast ihr den Spitznamen Pippi gegeben, oder?"

Beide Frauen lachten.

„Sie heißt Petra."

Als sie bei Pippi klingelten, öffnete sie, ohne eine Windel in der Hand zu haben. Sie sah auch nett und zurecht gemacht aus.

„Guten Tag Pip.." stockte Else, weil sie schlecht Pippi sagen konnte. „Petra, sage einfach Petra zu mir. Ich spreche dich ja auch mit Else an.

Wer ist sie, deine Freundin?" Sie zeigte
auf Oma Thiel.

„Hallo, guten Tag, ich bin Elfriede, schön
dich mal kennenzulernen."

Wollt ihr einen Kaffee mit mir trinken?"
Else dachte an die letzte Brühe und
schüttelte energisch den Kopf.

„Haben Sie auch Sekt?", fragte Elfriede.
Petra grinste übers ganze Gesicht. „Ihr
wisst, was gut ist Mädels, was? Kommt
rein."

Sie holte eine Flasche Asti Spumante
lauwarm unter ihrem Bett hervor.

Als sie die Flasche öffnete, sprudelte die
Hälfte raus. Erstens warm und zweitens
geschüttelt.

Oma Thiel verzog das Gesicht so sehr,
dass sie meinte: „Wartet mal, ich
komme gleich wieder."

Sie rannte rüber, holte eine kalte
Flasche Fürst von Metternich und ging
langsam zurück, damit er gleich nicht so
schäumt.

Oma Thiel wechselte einfach die Gläser
aus und goss den anderen Sekt weg.
Petra meine: „Ich wusste gar nicht, dass
mein Sekt so gut schmeckt."

Pippi hatte den Tausch gar nicht mitbekommen. Else fragte, warum sie heute so ausgesprochen gut aussah.
Petra antworte ihr,
dass Rainer sie zurechtgemacht,
ihre Wohnung geputzt und sie in den Arm genommen hatte.
Dann hatte er Pralinen dagelassen und ‚alles Gute zum Geburtstag gesagt.“
Else dachte: ‚Wieso legt sich Rainer so ins Zeug, der hat bestimmt was zu verbergen.‘
Oma Thiel rief: „Na dann haben wir doch einen Grund zu Trinken, alles Gute zum Geburtstag.

Pippi

Die nächsten Stunden verliefen ruhig, keine Toten, nichts.
Die Männer kamen auch wieder zurück und waren aus der Puste, weil sie so viel gelaufen waren, angeblich.

Struppi verzog sich auf seine Decke und schlief augenblicklich ein. Er war kaputt und vollgefressen.

Else und Elfriede redeten noch über Petra. Vor allem davon, dass sie heute einen ganz normalen Eindruck gemacht hatte. So gar nicht dement, oder so. Aber das kann morgen schon wieder anders sein.

Am frühen Abend verabschiedete sich Else, weil sie wieder Training hatte. Das sie Kampfsport machte, wusste immer noch keiner, nicht mal Elfriede. Alle dachten, sie geht zur Rücken, Beine, Po Gymnastik. Damit hatte sie ihre Ruhe.

Beim zweiten Mal wurde sie schon anders begrüßt. Ihren Gürtel ließ sie sich wieder von Heiner binden, der war dann wenigstens fest.

Zum Warmmachen sollte heute Rugby gespielt werden. Das kommt aus der USA und ist eine Ballsportart mit einem Ball, der aussieht wie ein großes Ei. Heiner sagte Else, sie solle erst einmal zugucken, da es eine gefährliche Sportart ist.

Am Rand machte sich Else mit Dehnübungen warm.

Nach zehn Minuten spielen, warf einer den Ball in Elses Richtung. Der Alete Junge versuchte ihn zu bekommen, lief seitlich, immer den Blick zum Ball und rannte und rannte und rannte Else über den Haufen.

Die schrie laut auf.

Das Spiel wurde unterbrochen. Heiner schaute sich den Fuß von Else an.

„Scheint verstaucht zu sein. Tut mir leid, aber das Training hat sich für heute erledigt. Hast du jemanden, der dich abholen kann?"

Else schüttelte den Kopf.

„Dann warte hier, zieh dich um und nach dem Training bringe ich dich mit meinem Wagen nach Hause. Ist das OK für dich?"

Na, und ob das OK war. So ein muskulöser Mann darf Else immer nach Hause fahren.

Als sich Else umgezogen hatte, setzte sie sich noch auf die Bank, um den Kämpfern zuzusehen. Der Alete Junge kam noch schnell zu ihr, um sich zu entschuldigen. Er hätte sie nicht gesehen.

Nach dem Training fuhr Heiner, wie versprochen, Else nach Hause.

Im Auto unterhielten sich die Beiden angeregt,
weil Heiner etwas über die Morde wissen wollte.

Er hätte in der Zeitung sowas gelesen.

Else erzählte, dass es jetzt schon drei sind, Tendenz steigend.

Sie wollte sich ein bisschen aufspielen.

Als er vor der Residenz Sonnenschein hielt, war er überrascht, dass Else in einem Altenheim wohnte.

Sie erklärte Heiner den Umstand und wo sie wohnte. In einem Haus am Rand der Residenz. Von Heinz erzählte sie nichts.

Dann ließ er Else raus, indem er ihr die Beifahrertür aufhielt und ihr seine Hand zur Hilfe entgegenstreckte.

Heiner fuhr wieder los und Else humpelte über den Hof.

Heinz kam ihr mit den Worten entgegen: „Was hast du denn gemacht? Und wer saß da im Auto, das eben weggefahren ist?"

„Das war meine Trainerin und ich habe mir den Fuß verstaut. Ich soll das kühlen."

Heinz nahm Elses Arm und legte ihn über seine Schulter. Dann führte er sie ins Haus.

Er setzte sie aufs Sofa, holte Eis aus dem Gefrierfach und eine Flasche Bier gleich dazu.

Er brachte ihr noch eine Decke und schaltete den Fernseher an.

Else dachte: ‚er ist ja schon süß, wenn er sich Sorgen macht.'

Dann entschuldigte sich Heinz und fuhr nochmal los, um etwas zu besorgen.

Am nächsten Morgen, als Else zu Elfriede humpelte, war Heinz nicht da.

Else dachte, vielleicht holt er ja mal die Eier aus dem Stall.

Die drei saßen am Frühstückstisch, als Heinz reinkam.

Er saß auf einen elektrischen Roller. Automatisch fuhr er an Elfriede, die ihm die Tür geöffnet hatte vorbei, direkt in die Küche.

Als Else ihn sah meinte sie: „Bist du schon so faul, dass du nicht mehr zu Fuß durch die Wohnung rennst?"

Heinz schaute Else freudestrahlend an und antwortete: „Du Dummerchen, den habe ich für dich besorgt. Dann brauchst du nicht zu humpeln, schonst deinen Fuß und kannst alles weiter machen, wie bisher. Der ist sogar Höhen verstellbar, schau hier."

Er stellte sich neben den elektrischen Roller und ließ den Sitz nach oben fahren.

Siehst du, kein Problem. Du kommst sogar an den Herd, wenn du möchtest, um weiterhin für mich zu kochen, großartig, oder?"

Oma Thiel stand hinter Heinz und konnte sich ein Lachen nicht verkneifen.

Werner meinte: „Och, wie praktisch."

Und Else schnauzte Heinz an: „Du hast einen IQ von einem Wellensittig, Heinz."

Dann widmete sie sich wieder ihrem Frühstück.

„Wieso denn, so ein Roller ist doch praktisch. Guck, ich finde den praktisch."

Zur Demonstration umrundete Heinz die Küchenstühle. Allerding ist das reine Übungssache. Der Stuhl kippte um.
Zur Entschuldigung meinte er:
„Na ja, ein bisschen muss man vielleicht noch üben, aber es wird."
Else gab keine Antwort mehr.

Mittags war Else mit Elfriede verabredet. Sie wollten zu Hugo und den anderen Panzerknackern. Mal sehen, ob die was rausgefunden haben. Stützend von ihrer Freundin Elfriede klingelte Else an der Tür von Hugo. Sofort ging die Tür mit den Worten auf:
„Warum dauert es denn immer so lange mit dir?" Oma Thiel und Else schauten sich an. Erst jetzt merkte Hugo, nachdem er aufschaute, dass es nicht Rainer war, den er erwartete,

sondern die beiden Damen aus dem Nachbarhaus.

„Oh, entschuldigen Sie bitte, ich hatte gar nicht mit ihnen gerechnet. Ich dachte, es wäre mein Nachbar.

Er wollte mir noch die Zange, die er sich von mir geliehen hatte, zurückzugeben."

Else dachte: *,und deshalb so einen Ton? Der hat garantiert einen anderen Menschen erwartet.'* Sagte aber nichts.

Stattdessen sagte Else: „Ich wollte dir nur meine Freundin vorstellen. Das ist Elfriede."

Oma Thiel gab ihm die Hand.

Else guckte an Hugo vorbei und sah ziemlich viel Unordnung.

„Willst du uns nicht reinbitten, Hugo?" Else war galant höflich.

„Würde ich ja gern, aber ich muss leider dringend weg. Vielleicht ein anderes Mal, ja?"

Er drängte die Damen von der Tür, um diese dann schnell schließen zu können. Er vertröstete sie mit den Worten:

„Morgen wäre schön. Heute passt es wirklich nicht." Die Tür fiel ins Schloss.

Als Else mit Elfriede verdattert stehen blieben, meinte Oma Thiel: „Glaubst du das mit dem Werkzeug?"

„Nie im Leben glaube ich das," gab Else zur Antwort.

Sie gingen langsam zurück zur Scheune. Dann setzten sie sich auf die Bank, die davorstand und warteten einfach ab. Erstens wollten sie sehen, wann Hugo das Haus verlässt, (weil er ja so dringend wegmusste),

zweitens wollten sie den Freund sehen, der das Werkzeug zurückbringt.

Drittens wollten sie sehen, wen er wirklich erwartet hatte.

Zwei Stunden später hatten sie Durst und nichts gesehen, was interessant war. Einmal hatten sie Pippi gesehen, die ihre Windel aus dem Fenster warf. Dann hatten sie Rainer gesehen, der den Müll aus dem Haus der Panzerknacker wegbrachte.

Und die Kinder, Nico und sein Freund, die eine Pistole vermissten. Sie fragten die beiden Omas auf der Bank, ob sie die irgendwo gesehen hatten, was sie verneinten.

Also, alles ganz normal.

Oma Thiel hatte Else mit zu sich
genommen. Sie hatte sie am
Küchentisch zum Kartoffeln schälen
verdammt.
Oma Thiel bereitete einen
Schweinekrustenbraten vor.
Dazu Rotkohl und Klöße für die einen
und für die anderen, wie z.B. Werner,
Kartoffeln, weil er die lieber dazu aß.
Else dachte: ‚*Heinz war es eh egal.*
Er aß eben alles.
*Meistens saß er am Küchentisch, wenn
es was zu essen gab. Dann rieb er seinen
Bauch und meinte:* Immer rein in die
gute Stube und *schlang seinen Teller so
schnell leer,*
*dass man einen zweiten gefüllten Teller
daneben stellen könnte, der genauso
schnell weg wäre.*‘
Um 14:00 Uhr kamen die Männer zum
Essen nach Hause. Sie waren wieder mit
Struppi unterwegs gewesen.
Nach dem Essen legten sich die Männer
für ein Stündchen hin und die Frauen
räumten alles wieder auf.
Als Else nach einer Stunde zu ihrer
Wohnung ging, erschrak Heinz aus
seinem Dämmerschlaf.

„Was ist los?" Er stand völlig neben sich.
Else meinte: „Habe ich dich gerade aus
dem Ruhestand geholt, oder was?"
Er setzte sich auf die Kante, rieb sich die
Augen und sagte ganz leise: „Ich habe
eine Frau schreien gehört. Das war echt.
Der Fernseher ist aus, der war es nicht.
Vielleicht wieder am Feld. Oder habe ich
das geträumt?"
„Das kommt davon, wenn man sich mit
vollem Magen hinlegt.
Man soll ein paar Schritte laufen. Das
würde dir guttun. Deinem Bauch im
Übrigen auch."
Heinz hatte Schweiß auf der Stirn. Sein
Shirt war auf der Brust nass.
„Du hast geträumt, Heinz."
Heinz zog sich ein frisches Shirt an, was
noch enger über seinem Bauch spannte.
Dann sagte er: „Ein paar Schritte laufen
tut vielleicht gut, kommst du mit?"
„Mit meinem Fuß? Nein danke. Ich
bleibe hier."
Heinz gab ihr einen Kuss auf die Stirn,
nahm seine Jacke und verschwand nach
draußen.
Else setzte sich aufs Sofa,

schob sich einen Hocker für ihren Fuß nach vorn und platzierte ihren Fuß in angenehmer Höhe. Dann ließ sie ihren Kopf auf die Rückenlehne sinken und dachte nach.

,*Rainer, Hugo, Pippi,*'

Es gab einen lauten Knall.

Die Tür wurde polternd mit dem Fuß aufgestoßen.

„ELSE…..ELSE….!"

,*Meine Fresse nochmal, kann er nicht auch mal auf mich Rücksicht nehmen?*'

Heinz polterte in die Stube.

Er trug eine Person auf dem Arm und ließ sie auf der anderen Seite des Sofas unsanft sinken.

Er war völlig aus dem Atem.

„Ruf einen Krankenwagen. Schnell."

Else war so verdattert, dass sie sofort aufsprang und einen Krankenwagen anrief und Oma Thiel danach.

Dann ging sie zurück und sah in das Gesicht, das auf ihrem Sofa lag.

Es war Pippi………

Glück gehabt

Pippi lag da, als wäre sie tot... Oma Thiel
und Werner kamen sofort und meinten,
dass sie noch die Polizei verständigt
hätten. Else hatte den Puls gefühlt. Er
war schwach, ganz schwach. Sie legten
ihr die Füße hoch und ein nasses Tuch
auf die Stirn. Kurz öffnete sie die Augen.
Else meinte. „Sie lebt, sie öffnet ihre
Augen. Else hielt ihre Hand. „Pippi will
was sagen," meinte Oma Thiel."
Pippi sagte etwas, aber keiner verstand
etwas.
Else meinte, als Heinz etwas sagen
wollte. „Nun sei doch mal still!"
Wieder versuchte sie was sagen.
„Aaa." Dann sank der Kopf zur Seite.
Der Krankenwagen war da. Werner war
draußen, um die Herren gleich in das
richtige Haus zu lotsen. Die
Erstversorgung wurde im Haus gemacht.
Einen Augenblick später war sie an
einen Tropf angeschlossen.

Die Polizei verhörte nun Heinz,
der ganz genau beschrieb, wo und wie
er die Verletzte vorgefunden hatte.
Else meinte: „Und dass an ihrem
Geburtstag, die Arme.
Meinst du, sie wollte uns sagen, wer sie
so zugerichtet hat?" Sie hatte
Schürfwunden im Gesicht. Eine
Platzwunde am Auge. Ihr Rock und ihre
Bluse hingen in Fetzen an ihrem Körper
und ein Schuh fehlte.
Der Bereich, in dem sie gefunden
wurde, war großräumig abgesperrt
worden.
Pippi wurde ins Krankenhaus gebracht.
Am Abend gab es dann endlich
Entwarnung. Pippi hatte noch mal Glück
gehabt, so sagte man es. Sie wird es
überleben. Da sie Alzheimer hat, wird
sie sich wohl an nichts mehr erinnern.
Else meinte zu Elfriede: „Was wollte sie
uns sagen, als sie ‚Aaa' sagte? Waren es
Schmerzen?" „Ich weiß es auch nicht,
meine Liebe. Auf alle Fälle geht es so
nicht weiter. Die Residenz Sonnenschein
kommt in Verruf."

*

Am nächsten Morgen stand in der Zeitung:
Der Mörder der Altersresidenz Sonnenschein läuft noch frei herum. Vielleicht ist da gar nicht immer Sonnenschein, vielleicht kommt da öfter ein Gewitter auf.
Ole war stinksauer und meinte zu Werner, als er ihn sofort nach dem er die Zeitung bekam aufsuchte, dass es eine Schweinerei wäre. Sogar Rufmord.
Als Else wieder auf der Bank vor der Scheune saß,
kam Rainer auf dem Fahrrad angerauscht. Als er Else sah, stieg er sofort ab. Dann schob er sein Rad. Freundlich sagte er: „Guten Morgen Frau Schmidt. Ist es nicht ein herrlicher Tag?"
„Bitte, du bist wohl nicht bei Trost. Wir haben hier schon wieder einen Fast Toten und du Grünschnabel redest vom Wetter!"
Rainer verstand kein Wort.
„Wieso?", fragte er. „Was ist denn los?"
„Pippi, äh, Petra ist gestern überfallen worden. Sie sieht grauenvoll aus."

„Was," schrie Rainer. „Wo ist sie denn jetzt?"

„Ja, im Krankenhaus, hier in der Stadt, wo denn sonst?"

Hals über Kopf nahm er sein Fahrrad, setzte sich drauf und radelte wie wild von dannen.

Else rief noch hinterher: „Warte doch mal, was ist denn los, hey Rainer!"

Doch Rainer hörte nichts mehr.

Gegen Mittag fuhren alle vier ins Krankenhaus. Holten ein paar Blumen, mit denen sie Pippi eine Freude machen konnten.

Als sie dort ankamen und Werner die drei schon mal aussteigen ließ, damit er in Ruhe einen Parkplatz suchen konnte, bemerkte Else ein Fahrrad. Es war wieder nicht verschlossen. Es sah aus, wie das Fahrrad vom Rainer. Heinz meinte zu den Frauen. „Geht doch schon mal rein und fragt nach dem Zimmer. Ich warte hier auf Werner."

Die Frauen erkundigten sich nach einer Frau, die hier eingeliefert wurde. Erst jetzt bemerkte Else, dass sie nichts über Pippi wusste.

„Äh, den Nachnamen weiß ich leider nicht, aber sie heißt Petra." Ungeduldig wartete Else auf Antwort.

„Wann sagten sie, war das?"

Er redete weiter, ohne eine Antwort zu bekommen.

„Peter, Gerald, Elise, Petra. Ich habe hier eine Petra. Zimmer 215, zweiter Stock. Die Dame hatte aber keine Papiere dabei, deshalb haben wir nur den Vornamen.

Kümmern sie sich bitte um die Formalitäten? Sonst können wir das nicht abrechnen."

„Ja, ja, mache ich."

Else stürzte nach draußen, wo Heinz stand. Elfriede war noch schnell auf der Toilette verschwunden.

Else suchte das Fahrrad, aber es war weg.

„Wo ist das Fahrrad, was da eben noch stand, Heinz?"

Heinz schaute sie verwundert an.

„Ich habe kein Fahrrad gesehen," antwortete er und zu Werner gerichtet, der gerade über den Parkplatz kam.

„Huhu, hier sind wir Werner." Else drängelte weiter.

„Da stand doch eben noch ein Fahrrad!"
„Was willst du immer mit dem
Fahrrad?" Heinz war genervt. Oma Thiel
kam raus. Sie war fertig mit ihrem
Toilettengang. Sie fragte Else:
„Und, weißt du, welches Zimmer Petra
hat?"
„Ja, Zimmer 215.
Weißt du wie Petra mit Nachnamen
heißt? Sie haben ihre Papiere nicht
gefunden."
„Nee, da müssen wir Kathi Fragen, die
macht doch den ganzen Bürokram.
So, nun komm schon, wir wollen sie
doch besuchen."
Als sie im zweiten Stock angekommen
waren, suchten sie das Zimmer 215.
Else wollte gerade anklopfen, als
jemand aus dem Zimmer trat. Ein
Polizist.
„Huch, ist schon wieder was passiert?"
Else war erschrocken.
Der Polizist fragte nach:
„Wer sind sie und was wollen sie?"
Oma Thiel erklärte alles. Dann meinte
der Herr.
„Sie ist völlig durcheinander. Fragt nur,
wer ich bin und was ich will.

Wie heißt sie eigentlich mit Familiennamen? Ich kann sie schlecht mit Petra ansprechen."

„Das wissen wir auch nicht. Bekommen wir aber raus."

Else starrte den Polizisten auffällig an, und zwar von oben bis unten.

Heinz gefiel das ganz und gar nicht. Eine Eifersucht überkam ihn. Deshalb meinte er: „Was ist denn nun?

Wollen wir hier Telefonnummern austauschen, oder was?"

Ein Arzt kam, der sofort meinte: „Die Dame braucht dringend Ruhe, bitte gehen sie, alle. Das habe ich dem jungen Mann auch schon gesagt, der vor ihnen da war. Zwei, drei Tage sollten sie ihrer Freundin schon geben.

Bitte entschuldigen sie mich. Mein Pieper ruft, Notfall." Damit verschwand er. Alle machten sich auf den Weg nach draußen.

Else überlegte krampfhaft, *,an was sie der Polizisten erinnert.*

Und welcher junge Mann? Das kann nur dieser Rainer gewesen sein.

Das ist bestimmt der Mörder. Das Opfer ist noch nicht tot, also helfe ich nochmal nach.'

Sie wurde in ihren Gedanken von Heinz unterbrochen.

„Musst du jedem Kerl auf seine Hose gucken, das ist ja peinlich."

Oma Thiel sagte:

„Nun streitet doch nicht schon wieder Kinder. Es gibt ja wohl wichtigeres im Leben."

*D*er Schuss

Als sie wieder zu Hause waren, gingen die Männer erst einmal ein Bier trinken und die Mädels suchten Kathi auf, um zu sehen, wie Petra nun mit Nachnamen heißt.

Kathi war allerdings nicht da. Sie war mit ihren Söhnen zum Schwimmen gefahren. Also hieß es abwarten.

Else und Elfriede setzten sich auf die
Bank vor der Scheune.

Das Fahrrad war nicht da.

Else fragte ihre Freundin: „Ist dir
irgendwas an dem Polizisten
aufgefallen?"

„Nee, wieso fragst du?"

„Ach, nur so."

Hast du denn diesen Rainer heute schon
gesehen?"

„Nee, auch nicht, wieso fragst du mich
das alles?

Du hast doch bestimmt was in deinem
schönen Köpfchen?"

„Ja, ich bin mir schon fast sicher, dass
Rainer die Leute alle umbringt. Der ist
mir nicht koscher. Der Polizist hatte
gesagt, dass ein junger Mann bei Petra
im Krankenhaus war. Das Fahrrad stand
draußen, nicht abgeschlossen.

Das tut er nämlich nie. Als wir wieder
draußen waren, war das Fahrrad weg.
Und denke doch mal daran, wie der
abgezogen ist, als er gehört hatte, dass
Petra die nächste sein sollte?"

„Hm," machte Oma Thiel, „vielleicht
hast du Recht.

Wir sollten ihn suchen gehen und ihn zur Rede stellen."

„Gute Idee." Elfriede nickte dabei. Beide Frauen waren sich einig. Es kann nur Rainer sein. Ein Schuss hallte über den Hof.

Else meinte: „Nein, nicht schon wieder."

Werner und Heinz kamen angelaufen: „Was war das?"

Werner war furchtbar aufgeregt, als er das die Frauen fragte. Heinz keuchte hinter ihm.

Else antworte, indem sie schon in die Richtung ging, aus der der Schuss kam: „Ein Schuss war das und es kam von da drüben."

„Du kannst doch nicht jetzt in dein Unglück laufen Else!"

Heinz hielt Else am Arm fest.

„Lass uns die Polizei anrufen."

Auch Oma Thiel hielt Else fest und dachte: ‚Else ist immer so mutig, sie hat überhaupt keine Angst. Wenn sie nur ein bisschen von Elses Mut hätte.'

Else riss sich los.

„Nun tu doch was, Werner!"

Werner rannte ins Haus zurück und rief die Polizei.

Else ging jetzt etwas langsamer auf das Haus zu.

Eine Tür ging auf und ein Mann stürzte blutüberströmt nach draußen und brach zusammen.

Else versuchte ihn noch aufzuhalten, konnte ihn aber nicht halten.

Völlig entsetzt sah Else, wer gerade vor ihr lag, es war Hugo.

*D*er Mörder?

„Hugo, was um Gottes Willen ist denn passiert?" Else war außer sich.

Sie stützte seinen Kopf. Er sah sie an, lächelte und sagte: „Aaa." Dann wurde er ohnmächtig.

„Wieso sagen eigentlich alle Aaa?" Else schnaubte. „Heinz, hast du einen Krankenwagen gerufen?"

Heinz antworte Else: „Das hat mir keiner gesagt. Ich habe Werner gesagt, er soll die Polizei rufen.

Vom Krankenwagen hast du nichts gesagt." Beleidigt senkte er den Kopf.

„Wie kann man so hohl in der Birne sein!"

Werner kam rausgerannt und rief: „Ist alles unterwegs.

Ich habe gleich einen Krankenwagen mitbestellt. Bei uns weiß man ja nie!"

„Danke Werner," sagten Else und Elfriede gleichzeitig.

Werner wollte wissen, was passiert ist. Das wusste aber keiner. Werner meinte, er gehe mal in die Wohnung von Hugo, vielleicht wäre da etwas zu sehen.

Else wollte gerne mitgehen, aber der Kopf von Hugo lag noch auf ihrem Arm.

Von Weitem waren die Sirenen zu hören. Es kamen drei Streifenwagen und ein Unfallwagen.

Hugo öffnete die Augen.

„Hugo mein Schatz, was ist denn passiert?" Doch bevor Hugo etwas sagen konnte, zischte Heinz dazwischen: „Wieso nennt du diesen Typen Schatz?"

Hugo wollte etwas sagen. Else beugte sich zu ihm runter und legte ihr Ohr ganz nah an seinen Mund. „Rai....."
Das reichte Heinz, er ging dazwischen. Vor seinen Augen rummachen. Oma Thiel riss Heinz herum. Zu spät, der Kopf von Hugo knallte auf den Boden. Er verlor abermals sein Bewusstsein.
„Vielen Dank auch Heinz, jetzt weiß ich nicht, wer ihn angeschossen hat, weil du mal wieder eifersüchtig bist. Ich habe Schatz gesagt, damit er mir was erzählt. Du bist vielleicht ein Hornochse."
Die Polizei fuhr auf den Hof und sicherte alles ab.
Ein Polizist hielt die Pistole im Anschlag und richtete sie auf Else. Denn sie war überall mit Blut verschmiert.
Werner kam aus dem Haus, wo er nachgesehen hatte, ob etwas Verdächtiges zu sehen war.
Zwei Polizisten überwältigten ihn und warfen ihn zu Boden.
Werner schrie auf.
Bevor noch jemand etwas sagen konnte, hatte Werner seine Hände in Handschellen auf den Rücken.

Seine Schulter schmerzte furchtbar.

Oma Thiel rastete jetzt komplett aus.

„Sagen sie mal, sind sie noch ganz dicht? Lassen sie sofort meinen Mann in Ruhe. Der hat Sie angerufen, weil uns ein halb Toter entgegenkam, der mit Blut überströmt war. Mein Mann wollte im Haus schauen, ob noch jemand verletzt ist. Also machen sie sofort die Handschellen los!"

Werner wurden die Dinger abgenommen. Und man half ihm wieder auf die Beine.

Seine Hose und sein Hemd waren schmutzig. Er klopfte das Gröbste mit den Händen ab und stöhnte dabei leicht auf, weil seine Schulten von dem Angriff schmerzte. Else wurde von den Pflegern gefragt, ob mit ihr alles OK wäre. Sie nickte, ihr war schlecht.

Heinz, immer noch beleidigt, wollte sich bei Else entschuldigen.

Sie wehrte es ab und meinte: „Geh mir heute am besten aus dem Weg, Heinz. Sonst vergesse ich mich." Beleidigt ging er ins Haus zurück.

Es wurde alles durchsucht und geschaut, ob sich noch jemand im Hause aufhielt, der nicht dorthin gehörte.

Else sagte ermattet: „Herr Haas hat versucht, mir den Namen von dem Mörder ins Ohr zu flüstern, der in angeschossen hatte. Wenn mein eifersüchtiger Mann nicht dazwischengekommen wäre,
hätte er den Namen auch zu Ende gesprochen. Ich gehe davon aus, dass es Rainer war. Weil Rai...hatte er schon ausgesprochen. Rainer war auch bei Petra im Krankenhaus, die er vermutlich auch so zugerichtet hatte."

Geknickt verließ sie, eingehakt bei Elfriede, den Schauplatz.

Sie hörten noch eine Durchsage der Polizei. „Gesucht wird ein Mann, circa 25 Jahre, braunes Haar. Ist mit dem Fahrrad unterwegs. Vorsicht der Mann ist bewaffnet."

Werner ging neben den Frauen her und hielt sich die Schulter. Als alle am Küchentisch von Familie Thiel saßen, außer Heinz, schenkte Oma Thiel allen einen Ramazzotti ein.

Sie meinte: „Willst du Heinz nicht rüber holen? Er hat es doch nicht so gemeint."
Else meinte: „Ja, mache ich. Ich muss mir eh etwas Sauberes anziehen."
„Guter Gedanke," meinte Werner, „ich ziehe mich auch eben um. Wir sehen uns in zehn Minuten."
Fünfzehn Minuten später saßen alle am Küchentisch zusammen.
Werner erzählte, wie es in der Wohnung von diesem Hugo aussah.
„Ein Heiden Durcheinander war da. Es sah aus, als hätte da ein Kampf stattgefunden. Umgeschmissene Stühle. Eine kaputte Vase und ein kaputter Teller. Zwei Gläser standen auf dem Tisch.
Es sah so aus, als hätte Hugo seinen Angreifer gekannt. Aus seinem Halfter von früher fehlte eine Pistole."
Else fragte: „Wieso hatte Hugo überhaupt eine Waffe?"
Werner meinte: „Vielleicht noch aus seiner Dienstzeit, oder so."
Oma Thiel war nachdenklich geworden. Sie meinte: „Wenn ich gewusst hätte, was mich hier alles erwartet, wäre ich bestimmt nicht hierhergezogen."

Werner meinte: „Ich gehe mal rüber zu Ole und Kathi. Vielleicht sind sie schon wieder da. Ich muss sie darüber informieren, was hier passiert ist. Bevor er es morgen in der Zeitung liest."

Werner stand auf. Heinz meinte: „Ich komme mit Werner, warte mal. Ist doch ok für dich, dass ich mit Werner gehe?" Else nickte: „Geht schon."

Als Else mit Oma Thiel allein war fragte sie: „Glaubst du wirklich, dass es Rainer war?"

Elfriede schüttelte den Kopf.

„Vorstellen kann ich mir das nicht. Was hat er davon, alte Leute umzubringen. Das passt alles nicht."

Oma Thiel holte Zettel und Stift.

„Lass uns mal aufschreiben, was wir wissen, was wir haben und was nicht."

Diesen Vorschlag fand Else gut. Aber bitte noch einen Ramazzotti, damit die Bilder aus meinem Kopf verschwinden."

Oma Thiel kam mit allem zurück.

1.)   *Otto am Essen erstickt. Tot.*
2.)   *Karl, Herzstillstand, Tot.*
3.)   *Demi Genickbruch, Tot*

4.)   *Pippi lebt noch, aber nur, weil
        Heinz sie so schnell gefunden
        hatte, sonst wäre sie auch
        tot.*

5.)   *Hugo, angeschossen, lebt
        auch noch, sollte aber auch
        tot sein.*

----

*Zwei Knöpfe Silber, die wir
nicht unterbringen können.*

----

*Ein A eingekreist im
Kreuzworträtzel
Das Wort hieß AAL.*

----

*Pippi sagt, bevor sie das
Bewusstsein verliert, Aaa.*

----

*Hugo sagte erst Aaa, dann
Rai....*

„Also, es ist zwar viel, aber nichts
Konkretes.

Mich würde dieser Rainer interessieren. Was wäre sein Motiv, die Menschen umzubringen?"

Else überlegte.

Oma Thiel: „Das macht alles keinen Sinn, Else. Er bringt doch nicht die Menschen um, die er pflegt. Dann wäre er bald arbeitslos."

Else wieder: „Als das Fest war, habe ich gesehen, wie Hugo sich mit Rainer unterhielt, obwohl ich Hugo gesagt hatte, er möchte das nicht sagen. Auch an dem Abend zuvor, als Hugo aus dem Nichts erschien, weil er Patrouille lief und mich dann küsst, einfach so, ohne Vorwarnung?"

Oma Thiel: „Vielleicht kennen sich die Beiden ja."

„Wie jetzt, der Hugo und Rainer?"

„Ja, warum denn nicht?"

„Hm, Pippi hatte mir zu Anfang gesagt, dass sie Rainer mag. Aber auch andere Leute haben gut über Rainer gesprochen."

„Was hatte das Fahrrad an der Wand vom Krankenhaus zu suchen? Es hatte doch Dienst."

Else überlegte weiter, indem sie sich noch einen Ramazzotti einschenkte. Der von Elfriede war noch voll.

Der Polizist, der aus dem Zimmer von Petra kam, meinte doch, dass ein junger Mann da war, er ihn aber wieder wegschickte."

„Stimmt," sagte Oma Thiel in Gedanken. „Irgendetwas war mit dem Polizisten. Weißt du noch, als ich dich gefragt hatte, ob dir was aufgefallen ist? Wir müssen morgen nochmal versuchen, Petra zu besuchen. Dann können wir auch gleichsehen, wie es Hugo geht. Ist dasselbe Krankenhaus."

Das Türschloss ging. Die Männer kamen zurück. Heinz hatte erst einmal eine anständige Zigarre geraucht. Die hatte er nach dem Schreck gebraucht.

„Und," fragte Oma Thiel, „was sagt Ole?"

„Ole ist wohl noch bei einem Geschäftstermin, das kann später werden. Kathi hatte ich erreicht. Die sind auf dem Rückweg vom Schwimmbad noch bei einer Freundin hängengeblieben.

Aber morgen kann sie uns den Namen von Petra sagen, dann schaut sie nach. Sie meinte noch, dass es eigentlich gut wäre es, dass Ole heute nichts mitbekommen hätte.
Denn der Termin wäre wichtig für die Zukunft der Residenz Sonnenschein. Da kann er schlechte Publicity nicht gebrauchen."
Alle nahmen noch einen Betthupferl und gingen dann ins Bett. Heinz und Werner hatten sich für morgen verabredet, um in Werners alten Wohnung Sport zu sehen. Die Mädels wollten morgen mit dem Bus ins Krankenhaus fahren.

er Knopf

Am nächsten Morgen ging es allen ein bisschen besser.

Mann hatte den ersten Schock verdaut.
Nach dem Frühstück nahmen die
Männer die Frauen mit zur
Bushaltestelle und fuhren dann mit
Struppi weiter. Eine große Runde
wollten die Herren laufen.
(Wer es glaubt, wird selig)
Als Else und Oma Thiel im Krankenhaus
ankamen,
schaute Else gleich an der Stelle nach,
an der gestern das Fahrrad von Rainer
stand. Aber nichts da, dieses Mal.
Unten bei dem Pförtner fragte sie nach
Hugo Haas. Er lag in ersten Stock
Zimmer 115.
Der Herr erkannte uns und fragte nach
dem Familiennamen von Frau Petra
Zimmer 215.
Ich würde es am Nachmittag erfahren,
weil die Dame erst heute Nachmittag
wieder arbeiten würde.
Sie mussten ihm nicht auf die Nase
binden, dass sie das eigentlich
vergessen hatten.
Sie fuhren erst mit dem Fahrstuhl auf
die erste Etage.
An der Zimmertür 115 klopften sie an.
Dann gingen sie rein,

ohne eine Antwort abzuwarten. Sie sahen Hugo. Er hatte einen Verband am Kopf. Sein Arm war auch verbunden und lag in einer Schlinge.

Er schien zu schlafen.

Else, wie sie war, rüttelte an ihm:

„Hugo, bist du wach?" Natürlich war er nicht wach. Nach dem Rütteln dann schon.

„Oh, Else wie schön dich zu sehen." Er war ein wenig benommen.

„Hugo, wie geht es dir denn?"

Else streichelte seinen gesunden Arm. Oma Thiel stand immer noch im Eingang und wusste nicht so recht, wohin mit sich.

Else meinte zu Elfriede: „Nimm dir einen Stuhl und setzt dich." Sie selbst blieb auf der Bettkannte sitzen.

„Weißt du denn, wer es war?"

Else konnte die Antwort kaum erwarten. Oma Thiel unterbrach und sagte: „Hallo Herr Haas, wie geht es ihnen denn? Das ist viel wichtiger." Hugo freute sich und meinte: „Ich hatte Glück und nur einen Streifschuss abbekommen. Ich hatte einen Schutzengel, sozusagen."

Else erneut: „Hast du denn den Typen gesehen, der auf dich geschossen hat?"

„Ja," antwortete er müde, „habe ich auch schon der Polizei mitgeteilt, es war Rainer."

„Also doch," platzte es aus Else raus, „habe ich es doch gewusst. Von Anfang an."

Oma Thiel sah es etwas nüchterner: „Hatte denn der Täter keine Maske auf, als er auf Sie geschossen hat? Und woher hatte Rainer eine Waffe?"

„Die Waffe war von mir.
Die hatte ich noch aus meiner alten Zeit. Wusste gar nicht, dass die noch ging, haha."

Er versuchte es runterzuspielen. Dabei hustete er und meinte:

„Petra muss doch auch hier liegen, hat sie denn noch nichts erzählt?"

Oma Thiel antworte jetzt:

„Ja, sie liegt direkt über ihnen. Zimmer 215. Wir konnten noch nicht mit ihr sprechen. Gestern wurde sie von der Polizei verhört. Da ging es ihr aber nicht so gut."

Else wieder: „Hat es denn eine Schlägerei gegeben?"

Es klopfte an der Tür, ganz kurz.
Dann trat der Arzt rein.
„Bitte alle raus, Visite und außerdem muss sich der Patient noch schonen, meine Damen."
Sie verließen das Zimmer mit dem Versprechen, ihn morgen wieder zu besuchen.
Draußen trafen sie die Krankenschwester.
„Sind sie verwand mit Herrn Haas?" Else antwortete: „Ja, wieso?"
„Können sie ein paar Kleidungsstücke für Herrn Haas mitbringen? Und ein bisschen Waschzeug?
Außerdem brauchen wir dringend die Versichertenkarte."
Else meinte: „Bringen wir morgen alles mit. Reicht das denn bis morgen?"
„Ja klar, vielen Dank."
„Kein Problem."
Dann fuhren sie eine Etage hoch.
Am Zimmer 215 angekommen, klopften sie und gingen dann zügig rein. Machen Ärzte auch immer so.
Pippi war wach und allein.

„Hallo Petra, wie geht's dir denn,"
grüßte Else und auch Elfriede fragte:
„Hallo Petra, alles klar?"
Petra schaute verstört auf die Beiden
und meinte: „Wer sind sie und was
wollen sie?"
Völlig entgeistert schauten sich Else und
Elfriede an.
Oma Thiel meinte dann zu Else: „Na viel
Erfolg bei deinem Gespräch."
Dann lehnte sich Elfriede auf dem Stuhl
zurück, auf dem sie gerade Platz
genommen hatte.
Else nahm sich einen Stuhl, überlegte
kurz und meinte:
„Wollen wir einen Kaffee trinken?"
Oma Thiel schüttelte mit dem Kopf und
verdrehte ihre Augen.
Else weiter: „Die Windel habe ich
gerade rausgebracht."
Petra überlegte und sagte:
„Hallo Else, schön, dass du da bist, willst
du einen Kaffee, oder lieber einen Tee?"
Oma Thiel schaute abwechselnd zu
Petra, dann zur Else.
„Ja, gerne," gab Else zur Antwort.
„War Rainer denn heute schon da?"

Petra: „Ja kurz, er hat mir eine Waffe gebracht, dann musste der Junge wieder los. Die Arbeit ruft."

„WAFFE?" Gleichzeitig kam diese Frage von Elfriede und Else.

Total entspannt sagte Petra:

„Ja, sie ist hier in der Nachtischschublade unter einem kleinen Gästehandtuch. Er meinte, wenn mich nochmal jemand angreift, soll ich die Pistole nehmen und denjenigen erschießen.

Wie ist es denn jetzt mit dem Kaffee?"

Oma Thiel stand wie unter Hypnose auf und sagte: „Ich hole dann mal die Tassen und den Kaffee."

Damit verschwand sie durch die Tür.

Else wollte die Schublade öffnen, aber Petra haute ihr auf die Finger. „Finger weg," rief sie.

Oma Thiel kam mit einem Tablett und drei Tassen mit Untertellern zurück.

Eine Thermoskanne stand auch auf dem Tablett.

„So, liebe Petra, hier ist dein Kaffee."

Petra schaute Else an, und mit einem Kopfnicken Richtung Elfriede fragend:

„Wer ist das?"

Else beugte sich ein wenig nach vorn und meinte zu Petra: „Die Dame bringt immer die Windeln raus und holt Kaffee, sozusagen, deine Putzfrau." Beide kicherten.

Oma Thiel nicht.

Else meinte zu Petra:

„Hast du Zucker?"

„Klar, in der Schublade unter dem Gästehandtuch."

Else zog, ohne eine Miene zu verziehen, die Schublade auf.

Sie schaute unter dem Gästehandtuch nach, sah diese Riesenwaffe, ganz kurz, daneben waren zwei Würfelzucker in Papier eingewickelt. Sie nahm den Zucker und deckte alles wieder zu. Dann wickelte sie den Zucker aus und ließ ihn in ihren Kaffee plumpsen und rührte ihn um.

Else war kalkweiß geworden.

Oma Thiel schaute sie an, Else schaute zurück.

Am Blick von Else wusste Oma Thiel, das Else mit Sicherheit nicht nur Zuckerwürfel gesehen hatte.

Petra trank einen Schluck, dann meinte sie:

„Es gibt doch nichts Besseres als einen guten Tee um diese Zeit." Else nickte. Oma Thiel verstand kein Wort mehr und schaute verdutzt in ihre Tasse und trank einen Schluck. Schaute wieder in die Tasse und holte Luft, um etwas zu sagen. Else schnitt ihr das Wort ab und sagte strahlend: „Ich lieben diesen Tee." Nach der ‚Tee Zeremonie' verabschiedeten sich die Frauen mit den Worten:

„Tschüss, bis morgen Petra."

Dann traten sie vor die Tür.

„Was bitte schön war das denn?", wollte Oma Thiel von Else wissen.

„Ist da jetzt wirklich eine Waffe in ihrem Nachschrank? Wir müssen unbedingt die Polizei benachrichtigen."

Else hielt ihre Freundin am Arm fest.

„Warte doch mal. Hier stimmt was nicht."

„Was soll denn hier nicht stimmen?" Elfriede war genervt.

„Wieso bringt Rainer die Waffe, mit der er auf Hugo geschossen hat, zu Petra? Das ergibt doch keinen Sinn."

Die Frauen fuhren schweigend mit dem Bus zurück.
Jede war in ihren Gedanken versunken.

*

Als sie wieder auf dem Hof ankamen, meinte Else: „Ich geh mal schnell in die Wohnung von Hugo, um ein paar Sachen zu holen."
Elfriede antwortete ihrer Freundin: „Ja mach das. Ich schenke mir erst einmal einen Sekt ein. Beeile dich, dann kriegst du noch was ab."
Else lachte und ging nachdenklich zu Hugos Wohnung.
An der Haustür klebte so eine Art Siegel. Diese Tür darf nicht geöffnet werden. Verstand Else nicht. Sie hatte den Auftrag, ein paar Sachen zu holen.
Allerdings hatte sie keinen Schlüssel.
Den Ersatzschlüssel musste sie erst von Kathi holen. Also humpelte sie rüber zu Kathi und fragte nach dem Schlüssel.
Kathi freute sich über Elses Besuch und ließ sich erst einmal alles haarklein erzählen, was alles passiert ist.

Sie hatte nämlich Zeit, weil der kleine Leo schlief und Nico mit seinem Freund draußen spielte. Dann suchte sie den Ersatzschlüssel und gab ihn Else.

Sie war schon am Ausgang, da fiel ihr ein, dass sie ja noch ein paar Daten von Petra brauchte.

Nach kurzem Suchen wurde Kathi fündig.

„Hier haben wir sie, Petra Haas.“

„Wie heißt sie mit Familiennamen?“

„Petra Haas.“

„Bist du sicher?“

„Ja natürlich, ich hatte mich noch gewundert, denn der Nachname ist ja nicht so häufig. Und dann haben wir den gleich dreimal. Man gut, dass wir uns hier alle mit dem Vornamen ansprechen. Das wäre ein richtiges Durcheinander.“

Else guckte, wie ein durchgevögeltes Eichhörnchen.

„Dreimal den Namen Haas, wer ist denn der Dritte?“

Damit suchten jetzt Beide nach den Namen.

„Moment, hier Hugo Haas, Petra Haas und Rainer Haas.“

„Wie bitte?" Else war außer sich.

„Danke für die Auskunft." Damit verschwand sie durch die Tür. Sie humpelte erst zu Elfriede. Die war von der ganzen Anstrengung ein wenig eingenickt.

Else polterte rein.

„Elfriede, du musst sofort mitkommen, bitte. Ich habe Neuigkeiten, erzähle ich dir unterwegs!"

Oma Thiel war noch benebelt, weil sie in einen Sekundenschlaf gefallen war.

Else erzählte Elfriede, was sie wusste. Sie riss das Band ab und schob den Schlüssel in das Schloss.

Keine Ahnung, was sie da erwartet.

Sie gingen durch den Flur.

Der hing mit sehr vielen Jacken und Mänteln voll. In der Küche sah es noch so aus, wie es Werner erzählt hatte.

Die Wohnstube sah auch nach Kampf aus. Else ging ins Schlafzimmer. Da stand aber nur ein Bett, kein Schrank und ein kleiner Nachttisch.

Oma Thiel ging zurück zum Flur, wo sie eine Jacke für Hugo mitnehmen wollte, wenn er mal raus muss.

Dann rief sie: „Else, kommst du bitte mal?"

Else ging zu Elfriede.

„Fällt dir was auf Else?"

Der Pistolenhalfter war leer.

„Ja, die Pistole fehlt. Ansonsten nur Mäntel, zwei Jacken eine alte Uniform, eine Polizeimütze, ein Gummiknüppel und Handschellen. „Nee, alles alte Klamotten."

„Schau dir mal diese alte Uniform an." Else schaute sie an, und da.

Es fehlten zwei Knöpfe. Die Knöpfe, die sie gefunden hatte. Nicht Rainer war der Mörder, sondern Hugo?

Kalkweiß, wie eine Wand schaute Else ihre Freundin an.

„Und so etwas habe ich geküsst? Igitt." Oma Thiel meinte:

„Weißt du was das heißt? Hugo hat versucht, seine Frau umzubringen. Der Plan ist aber nicht aufgegangen, richtig?"

„Richtig. Und das Beste kommt noch, die liegen im selben Krankenhaus und wir haben ihm noch erzählt, wo Petra liegt......Bingo!"

Sie nahmen nur die Uniform mit, als
Beweisstück.

Dann gingen sie so schnell sie konnten
ins Haus von Oma Thiel zurück und
riefen ein Taxi.

Ausgerechnet jetzt klingelte es an der
Tür.

Völlig genervt öffnete Oma Thiel.

Ein verdammt gutaussehender Mann
stand vor der Tür.

„Entschuldigen sie bitte, aber wir kaufen
nichts an der Tür," meinte Oma Thiel.

„Entschuldigen sie, aber ich wollte mich
nach Else erkundigen. Ich hatte drüben
geklingelt. Aber keiner hatte geöffnet."

Else kam zur Tür, weil sie die Stimme im
Hintergrund sofort erkannte. Es war
Heiner.

Else meinte zu Elfriede: "Sage das Taxi
wieder ab", und an Heiner gerichtet:

„Wir brauchen dich jetzt, und zwar
dringend. Wir müssen einen Mörder
davon abbringen, noch einen Mord zu
Ende zu bringen."

Heiner grinste und meinte gutgelaunt:

„Zu Befehl die Damen. Vielleicht kann
ich noch nützlich sein. Ich habe eine
Nahkampfausbildung."

Schon saßen alle in Heiners Auto, der natürlich bis zum Haus gefahren war, obwohl das verboten war.

Als sie vom Hof fuhren, kam ihnen ein Mercedes entgegen. Es war das Auto von Heinz.

Werner fragte erstaunt: „Waren das nicht unsere Frauen?"

Heinz ergänzte: „Und wer war der breitschultrige Typ auf den Fahrersitz?"

Als die Damen das Foyer betraten, kam sogleich ein Pförtner und sagte: „Entschuldigen Sie, aber die Besuchszeit ist zu Ende."

Else entgegnete: „Rufen sie die Polizei, es gibt gleich einen Mord."

Dann drückten sie auf den Knopf des Fahrstuhls. Nichts.

Sie nahmen die Treppe. Erster Stock Zimmer 115, leer. Weiter. Else konnte wegen ihres verstauchten Fußes nicht so schnell.

Kurzerhand nahm Heiner, der sich das nicht entgehen ließ, Else huckepack auf seinen Rücken.

Elfriede schnaufte, wie eine Dampflok.

Im Zimmer 215 wurde nicht angeklopft.
Man polterte einfach rein.
Ein Bild des Schreckes.
Hugo drückte seiner Frau ein Kissen aufs
Gesicht. Man sah, wie sie wild
strampelte. Ihre Kräfte ließen nach.
Heiner packte Hugo und hielt ihn mit
einem Nelson Griff fest. Das heißt, beide
Arme sind nach oben gestreckt und man
ist sofort handlungsunfähig, weil man
die Arme und den Kopf fixiert.
Else nahm mit aller Kraft ihren Schmerz
vom verstauchten Fuß hin, und schob
ihr Knie von unten bis zum Anschlag in
die Weichteile von Hugo.
Der jaulte auf. Heiner meinte: „Gut
gelernt, junge Frau."
Oma Thiel kümmerte sich in der Zeit um
Petra.
Ein Arzt kam ins Krankenzimmer und
brachte gleich eine Schwester mit.
Sofort wurde ein Sauerstoffgerät auf das
Gesicht von Petra angebracht.
Hugo krümmte sich wie ein nasser Sack
am Boden.
Einen Augenblick später kam die Polizei.
Ein Polizist meinte: „Sie schon wieder."
Einen von ihnen erkannte Else wieder.

Das war der, der die Damen nach Hause geschickt hatte. Else schaute auf seine Jacke.

Alle Knöpfe dran.

Aber die Art der Knöpfe gab es wohl schon früher.

lles gut?

Am nächsten Morgen beim Frühstück war es das eine Thema. Die Zeitung lag diesmal großzügig auf dem Tisch. Überschrift:

Der Mörder ist geschnappt.

Die alten Leute brauchen keine Polizei, so etwas machen sie selbst. Die furchtlosen Damen der ,Residenz Sonnenschein.'

Ein Bild von Else und Elfriede war zu sehen.

Else meinte, sie sehe zu alt auf dem Bild aus.

Sie hätte der Zeitung gerne ein anderes Bild gegeben. Im Bikini und 50 Jahre jünger.

Das haben sie aber dankend abgelehnt. Blöde Zeitung.

Am Ende kam heraus, das Rainer seiner Mutter nah sein wollte und er deshalb diesen Job angenommen hatte. Seine Mutter hatte gutes Geld und konnte sich diese Residenz leisten.

Manchmal, vielleicht auch öfter, hatte Petra Aussetzer. Medikamente, die diese Aussetzer hervorrufen, wurden zusätzlich von Hugo untergemischt.

Sein Sohn Reiner hatte das nicht mitbekommen.

Rainer hasste seinen Vater

Er war ein Trinker und hat Petra und auch ihn oft geschlagen.

Seinen Job hatte Hugo verloren, weil er volltrunken einen Menschen angefahren hatte. Seine Dienstwaffe hatte er als gestohlen gemeldet.

Hugo drohte seinem Sohn, weil der einen Verdacht gegen ihn ausgesprochen hatte. Er solle nichts erzählen. Sonst würde er dafür sorgen, dass Rainer seinen Job verlieren würde.

Dann sieht er seine Mutter gar nicht mehr.

Der Erste wurde umgebracht, aus Versehen. Hugo wollte sehen, ob das Gift, das er ins Essen mischte, auch wirkte.

Der Zweite ist tatsächlich an einem Herzinfarkt gestorben.

Der dritte, Demi war Hugo auf die Schliche gekommen und musste deshalb mit einem sauberen Genickbruch sterben.

Aussage von Hugo Haas.

Eigentlich wollte Hugo nur seine Frau töten, aber manchmal funktioniere es nicht so, wie man das geplant hat.

Er wollte es seinem Sohn Rainer unterschieben, damit Hugo alles von seiner Frau allein erben konnte.

Petra, ehemalige Pippi hatte Glück, das Heinz sie gefunden hatte. Sonst wäre sie gestorben.

Das Chaos in Hugos Wohnung, hatte er selbst verursacht. Dann hatte er Rainer gerufen und ihm gesagt, dass es seine Mutter nicht mehr lange gäbe und ob nicht er seine Mutter so zugerichtet habe.

Daraufhin hatte Rainer getobt und gedankenlos die Waffe genommen, die auf dem Beistelltisch lag und abgedrückt.

Hugo war selbst überrascht, dass sie noch geladen war.

Die Waffe nahm Rainer mit und gab sie seiner Mutter zum Schutz.

Die Knöpfe waren von Hugos alten Uniform, die er nie ablegen konnte, weil er in seinem Herzen immer Polizist geblieben war.

So heuchelte er es zumindest vor.

Eigentlich hatte er alles gut geplant, er hatte nur nicht mit diesen blöden alten Frauen gerechnet, die ihre Nase überall reinstecken müssen.

Am Abend saßen noch alle zusammen und unterhielten sich. Ole mit Kathi, die Kinder schliefen.

Heinz und Else, wieder vertraut.

„Ich liebe dich," gehaucht von Else für ihren Heinz.

Werner und Elfriede verliebt, wie noch nie. Einen großen Kauknochen vom Werner für Struppi, der sich genüsslich dran machte, ihn zu zerkleinern.

Ein halbes Jahr später

U*schi*

Es klingelte Sturm an der Haustür. Oma Thiel schaute völlig verschlafen auf ihren Wecker. Werner war noch im Land der Träume.
Es war 05:30 Uhr.
Oma Thiel dachte sofort, dass etwas passiert sein musste. Sonst würde keiner wie verrückt an der Tür klingeln. Ein zusätzliches Klopfen machte es besonders dringend. Oma Thiel zog sich einen Bademantel über und beeilte sich zur Tür zu kommen. Vielleicht ist jemand in Not.
Sie öffnete und sah in ein Gesicht voller Furchen. Auf dem Kopf hatte die Dame eine Art Turban.

Sie trug ein Gewand, das wie ein Kartoffelsack an ihr herunterhing. Darüber trug sie unzählige Ketten. Die Arme waren unbedeckt, da das sackartige Kleid ihre Arme wie bei einem Poncho frei ließen.
Aber an den Handgelenken klimperten jede Menge Armbänder.
An den nackten Füßen waren Zehen mit knallrotem Nagellack zu sehen. Die Füße steckten in einer Art Gesundheitslatschen.
Als Oma Thiel sich von dem Anblick lösen konnte, fragte sie: „Ja bitte, was kann ich für Sie tun, mitten in der Nacht?"
Die Dame legte ihre Umhängetasche ab und hob gleich beide Hände, um Oma Thiel zu begrüßen: „Hallo, meine Holde, ist es nicht ein wunderschöner Morgen, die Sonne geht auf,
die Vögel zwitschern und alles ist noch so schön ruhig. Darf ich mich vorstellen? Mein Name ist Ursula König, ha, ha. Aber ich habe ja gehört, dass man sich hier duzt, also kannst du Uschi zu mir sagen. Wo muss ich hin?"
Oma Thiel verstand kein Wort.

„Was wollen sie von mir?"

„Na den Schlüssel meiner Wohnung. Ich bin die Neue, die in die Wohnung von diesem Hugo Haas zieht. Der sitzt jetzt erst einmal im Knast, also nehme ich die Wohnung.

Zahlen kann ich die allemal, ha, ha, Sie müssen wissen, ich bin Hellseherin, ha, ha, ich meine natürlich du, ha, ha."

Oma Thiel schaute sie völlig verwirrt an und wunderte sich, dass diese Uschi immer lacht. Es ist mitten in der Nacht und diese Person hat mich um meinen Schlaf gebracht. Ist die noch ganz sauber in der Birne?

Aber da Oma Thiel ja nett ist, meinte sie nur. „Da sind sie, äh, du hier falsch. Du musst da drüben klingeln. Aber ich sage dir gleich, wenn du Ole oder Kathi jetzt aus dem Bett klingelst,

schmeißen die mit Sachen nach dir. Vor 09:00 Uhr sind die nicht ansprechbar. Also viel Glück und ach ja –

ha, ha-."

Dann knallte sie Uschi die Tür vor der Nase zu.

Beleidigt zog Uschi ab. Sie dachte sich:
‚welches Haus meinte die ältere Dame
noch gleich? Gegenüber? OK, dann
versuche ich eben da mein Glück.‘
Statt bei Ole und Kathi zu klingeln,
landete Uschi bei Else und Heinz. Auch
da, es war ja mittlerweile schon 05:45
Uhr, klingelte sie Sturm und klopfte mit
der Faust gegen die Tür.
Heinz schnarchte wie eine Kreissäge.
Else wurde aus einem Traum gerissen.
Sofort dachte sie, es ist etwas passiert.
Sie war so schlaftrunken, dass sie weder
den Bademantel überwarf noch ihre
Zähne, die neben ihr auf dem
Nachschrank im Wasserglas schliefen, in
den Mund steckte.
Ihr Herz raste. Wackelig rannte sie zu
Tür, riss sie auf und schrie ohne Zähne:
„Wat is passchiert!?“
Uschi freute sich, dass sie nicht so lange
klingeln musste. Sie begrüßte Else mit:
„Einen wunderschönen guten Morgen,
meine Liebe, ha, ha.
Ist es nicht ein schöner Morgen, die
Sonne geht auf, die Vögel zwitschern
und der Hahn kräht bestimmt auch
gleich noch, ha, ha.

Ich nehme es gleich vorweg. Ich bin die Uschi, die Neue, ha, ha. Könnten Sie, ach Gottchen, wie ungeschickt von mir, ich meine natürlich du mir den Schlüssel der Wohnung von Hugo Haas geben? Ab jetzt wohne ich dort."

------Lange Pause-----

Dann flog ohne ein Wort die Tür zu, rumms.
Uschi dachte: ,*Was sind die alten Leute alle so unhöflich.'*
Else schlurfte zurück, nahm ihre Zähne aus dem Glas,
steckte sie in den Mund und legte sich wieder hin. Sie kochte vor Wut.
Mittlerweile war es schon 06:00 Uhr. Uschi war genervt, weil sie nicht wusste, was sie sonst noch machen sollte. Sie ging zur Scheune. Dort stand eine Bank, daneben lagen zwei Heuballen.
Sie setzte sich auf die Bank und stellte ihre Tasche, in der sie wichtige Sachen hatte, auf dem Heuballen ab. Ihre Tasche war ihr Heiligtum. Sie hatte die Farbe von verunglücktem grün und verwaschenem blau.

Es hingen Bammel in der Farbe von sahnigem Vanillegelb an ihr herunter.
In der Tasche waren ihre Tarot- Karten, eine Hellseher- Kugel, Räucherstäbchen, Kerzen, Tücher und noch so allerlei.
Sie holte ihre Streichhölzer und ihre Zigaretten heraus
und zündete sich erst mal eine an. Dabei sprühten Funken von den Streichhölzern auf den Heuballen. Das bemerkte sie aber vorerst nicht. Sie lehnte sich zurück und zog an der Zigarette.
Sie schloss ihre Augen und genoss diese Ruhe. Als sie ihre Augen öffnete, dachte sie, es sei Nebel aufgezogen.
Aber es roch so nach verbranntem Stroh. Sie blickte zur Seite, sah das kleine Feuer, das sich aber schnell ausbreitete.
Sie riss ihre Tasche an sich und klopfte darauf rum,
weil das Feuer gerade auf ihre geliebte Tasche übergehen wollte. Dann schrie sie so laut es ging: „FEUER, HILFE, WIR HABEN EIN FEUER HIER! FEUER, FEUER!"
Sofort gingen Lichter in den verschiedenen Wohnungen und Häusern an.

Uschi zog nochmal an ihrer Zigarette, dann drückte sie die Kippe aus und steckte den Rest wieder in ihre Tasche. Genauso hatte sie das mit dem abgebrannten Streichholz gemacht. Zurück in die Schachtel.

Der erste Bewohner kam nur mit einer Shorts bekleidet aus einem Haus gelaufen.

Uschi dachte: *‚Och, sieht der gut aus.‘*

Es war Ole:“ Was ist los, wo brennt es denn? Gehen sie zur Seite.“

Ole lief zurück, kam mit einem Eimer Wasser zurück und schüttete es über die Strohballen. Das Feuer war aus und alle Bewohner wach.

„Hallo, ich bin Ole, der Besitzer der Residenz Sonnenschein.

Danke, dass sie sofort reagiert haben, sonst hätte das Feuer noch auf den Stall übergegriffen.“

„Keine Ursache, ich bin Frühaufsteherin und genoss gerade diese Ruhe, als ich es sah.

Ich heiße Ursula König, kurz Uschi, bin die Neue hier und wollte den Schlüssel der Wohnung von Hugo Haas.“

„Ja, klar, kommen sie, äh du mit rein. Ich ziehe mir nur schnell etwas über.
Möchtest du auch einen Kaffee?"
„Sehr gerne, ich nehme ihn schwarz wie die Nacht."
Innerlich dachte Uschi:
,geht doch.'

Spieleabend

An diesem Morgen rief mich Oma Thiel an.
Mein Telefon klingelte.
„Hallo Oma Thiel, wie geht es dir?"
„Hallo Conny, du stell dir mal vor, wir haben eine Neue, die heißt Uschi. Was meinst du wohl, wo die einzieht?"
„Keine Ahnung, Oma Thiel."
„Na bei dem Hugo Haas, der jetzt im Gefängnis schmort. Meinst du, die sind verwand?"

„Weiß ich nicht, ich kenne sie ja nicht einmal. Aber ich würde sie fragen, dann weißt du Bescheid."

„Wir haben heute Spieleabend, hast du nicht Lust zu kommen. Ich kann Unterstützung gebrauchen?"

„Sorry, aber ich bin heute schon mit meiner Freundin Bea verabredet. Wir wollen zusammen etwas kochen. Fragt doch die Neue, wie hieß sie noch?"

„Uschi, ne lieber nicht, die sah so komisch aus. Außerdem lacht die in einer Tour. Das geht mir auf den Senkel."

„Ok, das ist eine Art von Unsicherheit. Man versucht mit ständigem Lachen zu verbergen, dass man unsicher ist," meinte ich.

„Oh, Conny, das ist gut zu wissen, danke schön für den Tipp.
Lass uns demnächst mal wieder etwas zusammen machen. Auch wenn wir nur einen Kaffee trinken, ok?"

„Ja, das können wir gerne machen.
Dann viel Spaß bei eurem Spieleabend.
Tschüss Oma Thiel."

„Ja, tschüss Conny, bis demnächst mal."
Wir beendeten das Gespräch.

Es klingelte und Else und Heinz kamen zum Frühstück.

Es hatte sich so eingebürgert, dass sie immer noch jeden Morgen um 10:00 Uhr zusammen frühstücken.

Als alle am Tisch saßen, wurde nur über diese Dame „Uschi" gesprochen.

Elfriede erzählte ihre Versionen und Else meinte nur: „Ich habe ihr die Tür vor der Nase zugeschlagen. Schlafen konnte ich nun nicht mehr, weil einen Augenblick später jemand Feuer rief. Da kannst du dich nicht wieder ins Bett legen und hoffen, die anderen löschen das schon."

„Ging mir genauso," meinte Elfriede.

Heinz, der gar nichts mitbekommen hatte gab seinen Senf dazu:

„Vielleicht hat sie ja den Brand gelegt." Dann schob er sich das ganze Ei mit einem Mal in den Mund.

Werner meinte: „Ich frage nachher mal bei Ole nach. Vielleicht weiß der was."

Alle waren einverstanden.

Oma Thiel und Else hatten sich für heute vorgenommen, den Stall zu säubern. Die Hasen, die Meerschweinchen, die kleinen Ziegen und den Hühnerstall.

Das war ein ganzes Stück Arbeit.

Die Männer wollten mit Struppi, dem Hund eine riesengroße Runde laufen und danach helfen.

Die Männer packten Struppi ein und fuhren zur Residenz Glückseligkeit. Da hatte Werner immer noch seine Suite. Sie gaben dem Pfleger Marius Struppi in die Hand, damit er mit dem Hund laufen geht, und verzogen sich nach oben. Dann gab es erst einmal ein Bier zum Frühschoppen und dann sahen sich Beide das Fußballspiel von gestern Abend an, dass Werner aufgenommen hatte.

Sie stießen an und Heinz meinte: „Auf unsere fleißigen Frauen, Prost."

Während sich Else mehr auf den Strohballen, die da so rumstanden, ausruhte, lief Elfriede der Schweiß von der Stirn. Dann packte sie wieder mit an.

Ein: „Hallöchen ihr Lieben, ha, ha," ließ beide nach oben schauen.

Uschi betrat die Scheune, rümpfte ihre Nase und gab noch zum Besten: „Puh, hier stinkt es aber sehr nach Schei… äh…Dunk.!" Sie bekam gerade noch die Kurve.

Else schaute Elfriede an und meinte
dann,
„Guten Morgen Uschi." Sie betonte den
Namen extra.
„In deinem Kleid kann man ja zelten.
Das ist so körperfern.
Du könntest dir etwas anderes anziehen
und mithelfen, wenn du magst.
Dann kannst du uns auch gleich
erzählen, wieso es gebrannt hat und
warum du in der Wohnung von Hugo
wohnst, gell?"
Oma Thiel grinste innerlich und dachte:
‚Typisch Else.'
„Oh, das Angebot ehrt mich, aber für
sowas bin ich nicht geschaffen, ha, ha.
Das ist mehr etwas für robuste Frauen
wie ihr das seid, ha, ha.
Wir sehen uns später zum Spieleabend.
Vergesst nicht, euch umzuziehen, ha,
ha.
Auf Wiedersehen." Schon verschwand
sie wieder.
Else kochte vor Wut.
„Diese......diese......!"
„Beruhige dich Else," meinte Elfriede.
Wir werden schon noch herausfinden,
was mit ihr los ist."

Als sie mit dem Stall der Hasen und Meerschweinchen fertig waren, machten sie sich an den Hühnerstall ran. Ole kam um die Ecke.

„Hallo Mädels, ihr könnt bestimmt etwas Hilfe gebrauchen. Ich übernehme die Ziegen. Dann sind wir schneller fertig."

Die Mädels freuten sich und so konnten sie herausbekommen, wo es gebrannt hatte, wer in der Nähe war und warum diese Uschi in Hugos Wohnung wohnte. Die besten Infos aus erster Hand.

Als alle fertig waren, kam der Daimler auf den Hof gefahren, in dem ihre Männer und Struppi saßen.

Heinz stürzte gleich in den Stall und fragte:

„Was ist noch zu erledigen?"

Else war erstaunt, dass er nach so einem langen Sparziergang nicht aus der Puste war. Nicht mal verschwitzt.

Bei Werner auch nichts. Als Werner seiner Elfriede einen kleinen Kuss geben wollte, fragte sie: „Hast du schon Bier getrunken?"

„Wieso?"

„Na, weil ihr beide eine Fahne habt."

„Ach das meint ihr," gab jetzt Heinz
seinen Kommentar dazu. „Wir wollten
noch gleich Wasser mitbringen und da
war vor dem
Getränkemarkt ein Stand mit
alkoholfreiem Bier und jeder bekam so
ein kleines Gläschen zum Probieren.
Vielleicht riecht es deshalb."
Elfriede fragte: „Und wo ist das
Wasser?"
„Ja, da war es so voll im Laden, da habe
ich mir gesagt, dass wir den Hund ja
nicht so lange allein im Auto lassen
können. Ich fahre später nochmal los."
Das war glaubhaft. Die Frauen stellten
keine weiteren Fragen. Die Männer
schauten sich nur an und dachten beide:
*,Da haben wir aber nochmal die Kurve
gekriegt.'*

Am Abend waren alle gut gelaunt.
Der Spieleabend war immer eine
spannende Sache.
Als Heinz, Else, Werner und Elfriede sich
in dem Gemeinschaftsraum blicken
ließen, saßen da schon Reinhild,

aus dem Haus Glückseligkeit, die immer extra zum Spieleabend kam.

Natürlich durfte Rudolph mit ph nicht fehlen und Elfriedes frühere Nachbarin Gerda.

Als alle saßen, bemerkte Else, dass ein Stuhl zu viel am Tisch stand und forderte Heinz auf, den doch wegzuräumen. Als Heinz gerade die Lehne des Stuhles packte, wurde er je unterbrochen.

Ein Wesen von einem anderen Stern betrat den Raum mit einem: „Guten Abend, schön dass alle auf mich gewartet haben,
ha, ha."

Ein Geschöpf von unsagbarer Schönheit, so empfand es zumindest die Person selbst, kam mit einem wehenden Kleid und einem Schultertuch bedeckt in den Raum.

Das Tuch bedeckte zwar die Schultern, aber beim Dekolleté des Kleides war sie etwas großzügiger und ließ ihre Brüste auch mitspielen. Heinz stand mit offenem Mund da und schaute nur aufs Dekolleté.

Sie strahle ihn an und sagte:

„Sehr aufmerksam, junger Mann, ha, ha," und setzte sich auf den Stuhl, der vorher noch weggestellt werden sollte.

„Hallo, ich bin die Ursula König, kurz Uschi genannt und ich bin die Neue, ha, ha."

Alle schauten sie unverständlich an.

Heinz nahm erst mal wieder Platz und strahlte Uschi an, immer abwechselnd, in ihre Augen, dann wieder aufs Dekolleté.

Das sah Else natürlich sofort und sagte schnippisch:

„Am besten, du gehst wieder Uschi, ha, ha."

„Wieso?", fragte sie ohne Lachen zurück.

„Du hast zu viele Nebenwirkungen!"

Und an Heinz gerichtet:

„Du bist schneller wieder Single, als du das Wort buchstabieren kannst."

Heinz war verwirrt: „Wieso, ich mach doch gar nichts."

Dann verdrehte er die Augen und schaute dabei Werner an.

Oma Thiel übernahm das Wort:

„Nun gut, dann sind wir eben eine Person mehr, macht auch nichts. Also fangen wir an."

Reinhild fand die Person interessant und fragte:

„Darf ich Sie, äh dich mal fragen, was du beruflich gemacht hast?" Dabei schaute sie Uschi freundlich ins Gesicht.

„Ja, natürlich. Ich bin Hellseherin und kann die Zukunft vorhersagen.

Wie war nochmal dein Name?"

Daraufhin lachte Werner: „Wenn du Hellseherin bist, müsstest du das doch wissen." Er lachte weiterhin und bemerkte beim Blick in die Runde, dass der Witz nicht ganz so gut ankam.

Kleinlaut meinte er: „Wir stellen uns erst einmal alle vor, das macht das Ganze vielleicht einfacher."

Else war bedient und sauer, weil sie sich erstens darüber ärgerte, dass sie heute nur so bequeme Sachen angezogen hatte und zweitens,

weil ihr Heinz immer wieder zu dieser Uschi blinzelte.

Und wenn sie eine Frage stellte, er sofort die Antwort hatte.

Als Else dann auch einmal etwas nicht verstanden hatte und eine Erklärung von Heinz erwartete, dachte dieser gar nicht daran, seiner Else zu helfen. Dann reichte es Else.

„Du bist ein Idiot Heinz!"

„Wieso das denn schon wieder?"

Unschuldig schaute er zu Else. „Hast du denn etwas gesagt?"

„Ich rede doch nicht, um die Luft in Bewegung zu halten, ich rede, damit du mir zuhörst!"

Else reichte es, stand auf und verließ den Raum.

„Was habe ich denn jetzt schon wieder gemacht?"

Heinz war sich keiner Schuld bewusst.

Da sie Monopoly gespielt hatten und Else gar nicht so schlecht war, konnten sie das Spiel nicht weiterspielen.

Rudolph wollte wieder gute Stimmung machen und fragte deshalb Uschi:

„Weißt du denn, ob morgen oder übermorgen irgendein Ereignis ansteht?"

„Da muss ich die Karten legen, oder in meine Wahrsager Kugel sehen.

Die habe ich allerdings nicht dabei. Die Karten schon. Ohne meine Tarotkarten gehe ich nicht aus dem Haus."

Oma Thiel war das zu blöd, stand auf und fragte Werner: „Ich gehe ins Bett, kommst du mit?"

„Ich trinke das Bier noch aus und dann komme ich gleich nach, ok Schatz?"

Elfriede gab ihrem Werner einen Kuss und verschwand in der Dunkelheit.

Uschi legte die Karten und sah, dass irgendetwas auf dem Hof passierte, etwas Heißes, vielleicht ein Feuer.

Man sollte in der Trockenheit vorsichtig sein, und keine Zigaretten unbedacht austreten. Sofort dachte Heinz daran eine Zigarre zu rauchen, sagte aber nichts.

Uschi drehte sich zu Heinz und meinte ganz trocken: „Bei dir steht Ärger im Haus."

Heinz: „Wieso?"

„Weiß ich nicht, steht in den Karten."

Bei Gerda und Rudolph steht ein Goldregen und Glück ins Haus. Mehr kann sie daraus nicht sehen. Dazu müsste sie ihre Kugel fragen.

Die Beiden sollten doch morgen mal bei ihr vorbeischauen.

Über Reinhild stand nichts drin, leider. Und Werner sollte mit seinen Lügen aufhören, das würde ja doch alles auffliegen. Werner schaute Heinz nur an, ließ den Rest Bier schal werden und verabschiedete sich von den anderen. Reinhild rief noch: „Warte, ich komme gleich mit raus," und folgte Werner. Einen Augenblick später standen Rudolph und Gerda auf, mit dem Versprechen, morgen von Uschi doch noch mehr über ihr Glück zu erfahren. Nun saßen Heinz und Uschi noch allein zusammen.

Uschi lachte auch nicht mehr so gekünstelt.

Die beiden quatschten noch zwei Stunden, dann gingen sie gemeinsam raus und Uschi steckte sich noch eine Zigarette an.

Heinz, nachdem er sich Verschwiegenheit von Uschi geholt hatte, steckte sich auch seine geliebte Zigarre an.

Überall war es dunkel geworden, nur zwei Glutspitzen waren in der schwarzen Nacht zu sehen.

F*euer*

In der Nacht hatte Werner noch Zuneigung zu Elfriede verspürt, die sie auch erwiderte, weil Werner nicht so spät kam. Else wiederum schnarchte wie eine ganze Armee.
Deshalb zog es Heinz vor, auf der Couch zu schlafen. Er wollte sie nicht wecken, damit sie nicht mitbekommt, dass er so spät kam und nach Zigarre stank.

„Feuer, Feuer, es brennt, ruft sofort die Feuerwehr, schnell!"

Ein älterer Mann hatte seine Gardinen zur Seite geschoben und das Feuer entdeckt. Das große Schild aus Holz, das wie ein Ranger Schild aussah, und auf dem das Wort: *,Sonnenschein'* stand, brannte lichterloh.

Auch der Zaun, der mit dem Schild verbunden war, brannte. Zügig breitete sich das Feuer aus, Richtung Stall.

Während Kathi die Feuerwehr rief, eilte Ole zum Stall und scheuchte die Ziegen und die Hühner raus.

Dann nahm er eine Kiste und schmiss die Kaninchen und Meerschweinchen rein.

Er bekam von Werner und Elfriede, die schnell aus dem Haus eilten, Hilfe.

Es mussten schnell die Tiere in Sicherheit gebracht werden. Alles ging wie am Fließband. Die Feuerwehr war schon aus der Ferne zu hören.

Else, die durch den Krach der Feuerwehr geweckt wurde, saß aufrecht im Bett. Sie schob sich schnell ihre Zähne in den Mund, zog sich einen Morgenmantel über und verließ das Schlafzimmer.

Als sie durch die Wohnstube lief, sah sie Heinz auf dem Sofa schnarchen.

Sie dachte noch: *‚Wieso ist der nicht im Bett?‘*

Sie rüttelte an seiner Schulter und lief dann schnell nach draußen. Heinz drehte sich nur um und schlief weiter. Draußen sah sie das Feuer. Die Feuerwehr rollte schon den Schlauch aus.

Else sah, dass Elfriede, Werner und Ole versuchten die Tiere zu retten. Sie wollte gerade helfen, da kam ihr von rechts Uschi entgegen und meinte aufgebracht:

„Sorry Else, Heinz und ich haben unsere Kippen ordnungsgemäß ausgedrückt. Wir waren das nicht, ha, ha.“

„Wieso, Heinz raucht doch gar keine Zigaretten?“

Uschi zog ihren Gürtel von dem Bademantel, wenn man so etwas Bademantel nennen wollte, etwas enger.

„Nee, ist klar, aber er hat seine Zigarre richtig ausgedrückt, meine ich.“

Else wurde aus ihrer Schockstarre befreit, indem Oma Thiel rief: „Habt ihr mal die Güte mit anzupacken, oder soll ich euch noch einen Kaffee bringen?“

Sie drückte Uschi ein
Rosettenmeerschweinchen in die Hand.
Das quickte und Uschi setzte es sofort
ab. Es lief weg und wurde nicht mehr
gesehen.
Zweieinhalb Stunden später war das
Feuer gelöscht, die Tiere waren gerettet
und alle gingen wieder in ihre Häuser.
Erst einmal war duschen für alle
angesagt.
Als Else aus der Dusche kam, wachte
Heinz so ganz langsam auf. Es war zwar
alles noch ein wenig verschwommen,
aber als er sich an die Helligkeit des
Raumes gewöhnt hatte,
konnte er Else klar vor sich sehen. Sie
war nur mit einem Handtuch bekleidet.
Schon spürte er etwas in seinem
unteren Bereich.
„Guten Morgen schöne Frau," gurrte er
deshalb.
Sie sagte kein Wort, drehte sich um und
ging ins Schlafzimmer, um sich
anzuziehen. Danach verließ sie einfach
das Haus.
Else ging zu Oma Thiel zum Frühstück
rüber. Da tauschten sie erst einmal das
Erlebte aus.

Werner fragte: „Wo war eigentlich Heinz letzte Nacht und wo ist er jetzt?"
Ohne auf eine Antwort zu warten, sagte Elfriede:
„Wir sollen alles so lassen, wie es ist. Die Feuerwehr geht von Brandstiftung aus."
„Wer soll uns denn unser Heim anzünden wollen," fragte Werner.
„Och, ich wüsste schon jemanden," sagte Else mit vollem Mund. So, dass man es nicht richtig verstehen konnte.
Als alle soweit fertig waren, kam Heinz auch zum Frühstück. Else war gerade dabei, das Geschirr und den Rest abzuräumen.
„Nun warte doch mal, ich habe doch noch gar nichts gegessen?", maulte Heinz.
„Wie wäre es mit frisch gemähter Wiese?"
Else giftete Heinz dabei an. „Pass aber auf, dass du die nicht auch noch abfackelst, mit deiner Zigarre!"
Dann verließ sie die Küche und ließ die anderen zurück.
Heinz war kreideweiß im Gesicht.
Die anderen fragten, was das zu bedeuten hatte, aber Heinz meinte nur:

„Ich habe heute so gar keinen richtigen Appetit.

Mit geht es nicht so gut.

Damit stand er auf und verließ das Haus von Elfriede und Werner.

Die Glaskugel

Es klingelte an Uschis Haustür. Sie war hoch erfreut über ihren Besuch.

Gerda und Rudolph standen vor ihrer Tür.

„Hallo Uschi," trällerte Gerda.

„Wir wollten doch mal genaueres wissen, über das, was du letztens angedeutet hast.

Das du in deiner Glaskugel sehen kannst, was für Glück auf uns zukommen würde."

„Ja gerne, kommt doch rein."

Nachdem das erste Geplänkel ausgetauscht und der Tee serviert wurde, steckte Uschi Kerzen und Weihrauchstäbchen an. Rudolph meinte sogleich: „Das Zeug stinkt aber ganz schön."

„Schscht," meint Gerda, „Uschi muss sich konzentrieren."

Uschi setzte ihr Kopftuch auf, an dem vorne lauter Münzen hingen. Ein Licht leuchtete in ihrer Kugel. Die zwei starrten gebannt in die Kugel, dann wieder zu Uschi.

Dann legte sie los:

> *„Ich sehe zwei Menschen,*
> *die sich erst vor kurzem gefunden*
> *haben."*

Es hörte sich wie ein Singsang an.
Beide schauten sich an und nickten.
„Ihr wohnt in einem Haus, das komplett
abbezahlt ist."

Wieder nickten die Zwei.

*„Ihr seid euch nicht schlüssig, euer Haus
aufzugeben, um evtl. hierher zu ziehen."*

Wieder nickten die Zwei.

„OH, OH, nein."

„Was ist los?"

*„Oh, nein, eine Krankheit überschattet
das Glück. Rudolph braucht Hilfe.
Aber ihr bekommt keine Hilfe, weil ihr
abseits wohnt."*

Rudolph schaute Gerda an und meinte:
„Siehst du, habe es dir doch gleich
gesagt. Es ist zu einsam dort.
Wir müssen das Haus verkaufen. Wir
sind nicht mehr die Jüngsten. Und
außerdem jammerst du immer über den
Garten, der dir zu viel Arbeit macht."

Uschi weiter: „Da, ein Licht!"

*Rudolph: „Was ist los, was ist das für ein
Licht?"*

Uschi: „Ein Licht, ein Licht! Ihr bekommt Hilfe,
ihr seid nicht allein…….oh…..das Licht befindet sich hier im Raum…..
Jetzt sehe ich nichts mehr…..meine Augen werden müde……."

Gerda: „Und jetzt?"

„Tja, meine Lieben, weiter komme ich heute nicht. Aber ich kann euch gerne helfen, wenn ihr etwas ändern wollt.

Ein guter Bekannte von mir ist Makler. Der ist dafür bekannt, den besten Preis für Häuser und Wohnungen rauszuholen.

Wenn ihr möchtet, kann ich den gerne mal fragen."

„Ich weiß nicht so recht, ich will jetzt nichts überstürzen.

Ich wohne schließlich schon mein ganzes Leben in dem Haus. Und jetzt soll ich es einfach verkaufen?"

Gerda war ins Grübeln gekommen.

Rudolph verschluckte sich an dem Tee.

Daraufhin meinte Uschi: „Vielleicht solltet ihr euch nicht ganz so viel Zeit lassen." Dabei blickte sie besorgt auf Rudolph.

„Finde ich auch," unterstützte Rudolph
das, was Uschi sagte.

Gerda fragte: „Was kostet die Sitzung?"

„Für euch natürlich nichts, ihr seid
Freunde von mir, da nehme ich doch
kein Geld."

„Oh, das ist aber großzügig."

„Wie heißt denn dein Bekannter?",
fragte Rudolph nach.

Schon zog Uschi eine Visitenkarte
hervor und schrieb noch eine
Handynummer auf die Rückseite.

„Sag schöne Grüße von mir."

Dann verabschiedeten sich die Zwei und
gingen.

Draußen hörte man Rudolph noch
husten.

Zufrieden steckte sich Uschi eine
Zigarette an, als es abermals an der Tür
läutete.

Sie ließ die Kippe im Aschenbecher
zurück und öffnete die Tür.

„Heinz, welch eine freudige
Überraschung, komm doch rein."

„Äh, hallo Uschi, nein danke.
Sag mal, hast du Else irgend etwas
erzählt?

Das wir am Vorabend noch eine Zigarette geraucht haben?"

„Ja, klar, ich dachte sie wüsste das. Wieso, war das denn schlimm?"

„Nee, eigentlich nicht, nur das ich geraucht habe, davon wusste sie nichts. Und jetzt ist sie sauer."

„Oh, das tut mir leid, du hattest mir das gar nicht gesagt."

„Ist schon gut, die kriegt sich auch wieder ein," meinte Heinz.

Uschi setzte das schönste Lächeln auf: „Käffchen?"

Heinz konnte nicht widerstehen.

Also schob er seinen Körper durch die Tür und wunderte sich über den Geruch.

„Rauchst du in deiner Wohnung?"

„Ja sicherlich, möchtest du eine Zigarre?" „Hast du damit kein Problem, wenn ich dir die Bude vollstinke?"

„Nö, ich rauche doch auch."

Heinz genoss es.

Er trank seinen Kaffee und rauchte seine Zigarre, ohne dass jemand meckerte.

Eifersuchtsdrama

Heinz wusste, dass er Ärger bekommen würde, wenn er jetzt nach Hause geht, aber irgendwann musste er ja mit Else sprechen.

Sie stand in der Küche und bereitete Essen vor. Es waren Rinderrouladen mit Klößen und Rotkohl. Das liebte Heinz und es war eines seiner vielen Lieblingsessen.

Als er die Küche betrag, hob Else kurz ihren Kopf und im nächsten Augenblick widmete sie sich wieder voll und ganz der Nahrungszubereitung.

Heinz versuchte es übers Essen.

„Hallo mein Schatz, oh, du machst Rouladen, da freut sich aber dein Heinz sehr."

Die Antwort kam Pronto: „Ich weiß ja nicht, was du isst, ich esse genau das hier."

Dabei zeigte sie mit einer ausladenden Geste über die Töpfe.

„Keine Ahnung was du hast, ich habe mich nur nett mit Uschi unterhalten. Ja gut, sie hatte mir eine Zigarre angeboten, ich hatte ein bisschen was getrunken und deshalb habe ich sie genommen. Da brauchst du doch nicht so ein Eifersuchtsdrama zu machen. Wenn du willst, helfe ich dir auch in der Küche."

Heinz schnaubte dabei aus.

„Wie stellst du dir denn deine Hilfe in der Küche vor?"

„Na ja, ich fülle mir selbst das Essen auf den Teller….."

Weiter kam er nicht. Einen Kloß, den Else gerade formte, schmiss sie Heinz an den Kopf.

„Aua, was soll das denn jetzt?"

„Weißt du Heinz, ich habe dir nichts versprochen, als wir zusammengekommen sind und das halte ich auch.

Du machst mir einen Antrag, vielleicht erinnerst du dich ja schwach daran.

Aber egal. Du baggerst alles an, was nicht bei drei auf den Bäumen ist.

Und bevor du nachher wieder fragst, ob ich dir vergeben werde. Meine Antwort lautet, NEIN!

Ich bin weder Jesus, noch habe ich Alzheimer.

Verschwinde aus meiner Küche und gehe zu deiner Uschi. RAUS!"

Nachdem Heinz sich mit einem Zewa die Reste vom Kloß aus dem Gesicht wischte, verschwand er wortlos aus der Küche. Er ging schnurstracks zu Werner, der gerade die Zeitung las und fragte, ob er nicht Lust hätte, mit dem Hund eine große Runde zu laufen.

Werner schaute seinen Freund an und bemerkte, dass er Stress hatte. So nahm er also Struppi und dann fuhren sie zur alten Seniorenresidenz Glückseligkeit. Da übergaben den Hund Marius, damit er Auslauf bekam und sie selbst gingen in Werners alte Suite, holten sich ein Bier aus dem Kühlschrank, machten den Fernseher an, um die Sportschau zu schauen.

Eine Zigarre dabei war Ehrensache.

Elfriede ging am Nachmittag zu Else. Sie hatte ihre Freundin zum Essen eingeladen.

Else erzählte ihrer Freundin von ihren Sorgen. Oma Thiel konnte das verstehen. So ging es mit Heinz nicht weiter.

Sie machte Else den Vorschlag, mal zu Uschi zu gehen und sich aus der Kugel in die Zukunft schauen zu lassen. Else war nicht begeistert, ließ sich aber breitschlagen.

Als sie gerade klingeln wollten, öffnete sich die Tür und ein älterer Herr kam heraus, bedankte sich noch herzlich für den Tipp,

sein Geld nicht bei der Bank zu lassen. Dass er nicht schon vorher draufgekommen sei.

Als Uschi die Beiden sah, beendete sie das Gespräch abrupt und begrüßte die beiden Frauen, wie lang ersehnte Freundinnen.

„Das ist ja schön, ha, ha, dass ihr mich mal besuchen kommt. Käffchen?"

Else meinte daraufhin:

„Nee Sektchen."

„Auch gut, ich habe welchen kalt. Kann ich etwas für euch tun?"

Bevor Else etwas antworten konnte, tat es Oma Thiel.

„Ja in der Tat kannst du das, liebe Uschi. Wir wollten doch mal in die Zukunft sehen. Würdest du das machen?"

„Ja, normalerweise gerne, aber meine Kugel hat heute schon viel getan und muss sich ausruhen. Auch meine Gedanken brauchen Ruhe. Aber wenn ihr wollt, kann ich euch die Karten legen?"

Else daraufhin: „Wieso, ist deine Kugel schon ins Bett gegangen oder hält sie nur ein Mittagsschlaf?"

Bevor Uschi antworten konnte, mischte sie Elfriede mit den Worten ein: „Das wäre wunderbar."

Dann gab sie Else einen mahnenden Blick, der sie zum Schweigen bringen sollte.

Uschi holte den Sekt und schenkte sich und den beiden Damen ein Gläschen ein. Sie holte ihre Tarotkarten heraus. Sie gab bewusst Else den Stapel zum Mischen. Danach forderte sie Elfriede auf, einmal abzuheben, was sie dann auch tat.

„Wer möchte anfangen?", fragte Uschi.

„Ich lasse dir, liebe Elfriede, gerne den Vortritt, ich glaube soundso nicht an so einen Hokuspokus."

Angestrengt legte Uschi alle Karten auf den Tisch, starrte noch ca. 30 sec. drauf und meinte dann mit ernster Miene zu Elfriede: „Suche dir drei Karten aus und decke sie auf." Elfriede tat genau das. Die anderen Karten kamen wieder in den Stapel. Dann fing sie an.

Die Verliebten!

Freue dich, denn die Liebe umschweift dich in diesen Tagen.
Cupido lauert dir auf oder das Glück ist dir bei deinen Tätigkeiten auf der Spur. Wenn du schon einen Partner hast, wird sich eure Beziehung gestärkt anfühlen. Es ist möglich, dass sich die Verbindung zwischen euch weiter vertieft und ernstere Züge annimmt.
Wenn du keinen Partner hast, bereite dich darauf vor, das Kribbeln zu entdecken und den Glanz der Liebe zu spüren,

die auf unerwartete Weise kommen wird. Diese Karte präsentiert auch die Kunst und Ideale.

*

Die Kraft

Deine innere Stärke wird in den nächsten Tagen auf die Probe gestellt werden. Auch wenn die Umstände noch so schwierig sein sollten, denen du begegnest, du darfst deine Deckung nicht fallen lassen.
Es ist so gut wie sicher, dass du erreichen wirst, was du möchtest, solange du unumstößlich bist.
Diese Karte steht für Mut, Taten, das Lebhafte und Anmut.

*

Der Wagen
Dies bedeutet, dass sich für dich in materieller Hinsicht alles auf Rädern bewegt.

Alles weist darauf hin, dass du deinen Blick nach vorne richten solltest und deine Ziele mit Beharrlichkeit verfolgen solltest.
Mache nicht abseits einen Plan für dein Leben. Jetzt ist der Moment, in dem du diesen Plan verfolgen solltest.
Außerdem kann es bedeuten, dass es Zeit ist, die Zügel in die Hand zu nehmen, bezüglich der Dinge,
die dir Sorgen bereiten und in deinem Sinne zu handeln.
Lasse nichts in der Hand anderer, fahre selbst den Wagen.

Elfriede war hin und weg. So großartige Karten hatte Uschi für sie gelegt. Sie war in Gedanken versunken, als Else von Uschi gefragt wurde: „Möchtest du auch, oder lieber nicht. Deine Einstellung zu den Karten ist eine andere als die von Elfriede."
„Natürlich machst du das auch," donnerte Elfriede dazwischen.
Else zuckte mit den Schultern:

216

„Ich weiß nicht so recht, soll ich
wirklich? Was ist, wenn da nur Müll
rauskommt?"
„Ach was, das wird schon," beruhigte sie
ihre Freundin.
Else ließ sich breitschlagen, mischte die
Karten, hob gleich selbst ab und gab sie
Uschi zurück. Else zog drei Karten.
Uschi drehte die Karten um,
dabei verzog sie das Gesicht.

Der Erhängte

*Auch wenn diese Karte sich immer auf
Sorgen bezieht, es gibt kein Hindernis,
das Fleiß und Mut nicht bezwingen
könnten.
Du wirst dich an einer Stelle gefangen
gehalten fühlen, so, als ob dich die
Umstände nicht fortfahren lassen
würden, im beruflichen Sinne sowie in
der Liebe oder auch finanziell.
Wahrscheinlich fühlst du dich
angebunden und gefangen.*

Dies ist die Karte der Hingebung, der Unterdrückung von Gefühlen und der Besorgnis.
Aber gib dich nicht geschlagen:
Du kannst weiter fortschreiten.

Der Wahnsinnige

Wie der Name schon sagt, bezieht sich diese Karte auf das verrückte, das in jedem von uns schlummert, das nach Freiheit strebt, nach Unsinn, nach Liebe, nach Poesie und nach Reinheit.
Es steht eine Zeit mit fehlender Disziplin und Vernunft an, voll von Durcheinander.
Es ist wahrscheinlich, dass deine Beziehungen kürzlich einen ungewöhnlichen Kurs eingeschlagen haben, den du so gut wie nicht verstehst. Oder, dass dein Leben ein gewisses Niveau an Unordnung hat und du nicht weißt, was du tun sollst. Sorge dich nicht zu arg,

*manchmal ist es gesund, sich ins Leere
zu stürzen und etwas zu riskieren.*

*

Der Teufel

*Sei wachsam, denn es ist wahrscheinlich,
dass dich ein schlechter Einfluss umgibt.
Wenn die Karte umgeben von anderen
Karten mit Figuren einer Frau oder eines
Mannes ist,
ist es wahrscheinlich, dass es jemanden
mit boshaften Absichten gibt,
der sich dir in den Weg stellt und für
Durcheinander in deinem Umfeld sorgt.
Es kann eine junge Frau oder ein
unschuldig wirkender Mann sein.
Vergiss nicht, dass der Teufel in
vielfältiger Tarnung erscheinen kann und
auch für jegliche Art von Fesseln oder
geheime Anziehungskräfte stehen kann.*

*

Else war weiß wie eine frisch gestrichene Wand. Elfriede schaute mit einem helfenden Blick zu Uschi.

Die verstand sofort und meinte zu Else: „In deinem Fall sollte man noch mal eine Zusatzkarte ziehen." Elfriede nickte erleichtert.

Ohne ein Wort zu sagen, zog Else eine zusätzliche Karte, und meinte: „Die ist für Heinz."

Die Hohepriesterin

Es ist wahrscheinlich, dass eine Frau in deinem Leben erscheinen wird oder erschienen ist, die dich auf eine wichtige Weise beeinflusst. Sie unterstützt dich in jeglicher Hinsicht: wirtschaftlich, beruflich, persönlich. Du nimmst ihren Rat sehr ernst und schätzt ihre Erfahrung. Die Priesterin bedeutet, dass eine Frau existiert, die voll von Geheimnissen ist und die die Energie Yang in deinem Leben beherrscht. Passe nur auf, dass sie dich nicht beherrscht und, dass ihr Einfluss nicht überhandnimmt. Suche das Gleichgewicht.

Keiner sagte etwas. Elfriede wurde
unruhig und meinte aufgeregt zu Uschi:
„Was heißt das denn nun alles, wie soll
sich Else denn jetzt verhalten?" Else
sagte immer noch nichts.
Uschi antwortete jetzt:
„Ich glaube, meine Kugel hat sich jetzt
genug ausgeruht.
Es könnte nicht schaden, für Else da
nochmal einen Blick reinzuwerfen." Sie
verließ den Raum und verschwand
hinter einem Vorhang. Als sie
zurückkam, war nur noch Elfriede da.
Tränen liefen über ihr Gesicht.
„Sie ist ohne ein Wort aufgestanden und
gegangen. So habe ich Else noch nie
gesehen."

 us und vorbei

Elfriede war außer sich. Überall suchte
sie ihre Freundin. Sie war nirgends
aufzufinden. Dann suchte sie Heinz.

Er saß in der Küche am Tisch und trank sich einen. Vor ihm stand eine Flasche Whisky, die schon halb leer war. Oma Thiel dachte sofort:

'Typisch Mann.'

Sagte aber in lautem Ton: „Wo ist Else?"
Die Antwort kam lallend zurück: „Weg."
Oma Thiel kochte vor Wut, weil Heinz so wortkarg war.

„Wie weg?"

„Na eben weg, sie hat ihre Koffer gepackt und hat mich allein gelassen. Nicht mal was zu essen hatte sie mehr gemacht. Nur: ´Ein schönes Leben noch` gerufen, dann war sie weg, einfach so."
Ob seine Trauer um Else oder ums Essen ging, konnte Elfriede nicht so recht nachvollziehen, aber er unterstützte den letzten Satz mit einem kräftigen Schluck Whisky.

Elfriede nahm ihm, als er das Glas wieder abgestellt hatte, dieses und die Flasche weg.

„Hey, was soll das? Das ist noch alles, was mir geblieben ist," jammerte Heinz weiter.

„Papperlapapp, reiß dich mal zusammen.

Hör auf zu saufen, gehe duschen, du stinkst und ziehe dir etwas Sauberes an. Ich wäre auch weg, wenn ich dich so sehe."

Oma Thiel kochte vor Wut.

„Nee, ich will nicht. Duschen will ich auch nicht, und das ist mein Lieblingspulli."

„Hast du den Pulli denn schon mal gewaschen?"

„Weiß ich doch nicht, ob Else den gewaschen hat."

„Ich rede nicht von Else, sondern: HAST DU DEN PULLI. ODER WAS AUCH IMMER DAS SEIN SOLL, MAL GEWASCHEN?"

„Nö, wozu......."

Elfriede verließ das Haus.

Heinz holte sich sein Glas nebst Flasche wieder von der Spüle und schenkte sich ein.

Als er sich gerade den ersten Schluck genehmigte, traf ihn eiskaltes Wasser im Gesicht.

„Hey, was soll das? Spinnst du?"

Er versuchte in Deckung zu gehen.

Elfriede stand da,

mit dem Gartenschlauch in der Hand und spritze Heinz ab. Nach einer Weile drehte sie das Endstück zu und fragte:

„Gehst du jetzt freiwillig duschen, oder soll ich den Hahn wieder aufdrehen?"

„Nee, schon gut. Guck mal, was du angerichtet hast. Wie das hier aussieht!"

„Wenn du mit allem fertig bist, räumst du hier auf und dann suchen wir zusammen deine zukünftige Frau, verstanden?"

Maulend und nicht verstehend schlurfte er aus der Küche und Elfriede hörte nur ein zusammen- gekniffenes, „von mir aus........"

Als Oma Thiel den Gartenschlauch wieder eingerollt hatte, kam ihr Werner entgegen.

„Hallo Liebes, seit wann bist du denn die Gärtnerin von Heinz und Else?"

Elfriede schmunzelte und sagte gut gelaunt:

„Manchmal bewirkt Wasser Wunder."

Dann erzählte sie ihrem Mann alles, was passiert war. Einschließlich, dass Else wie vom Erdboden verschluckt war. Werner wollte gleich einen Suchtrupp zusammenstellen.

Er dachte sich:
,*Else ist zwar manchmal etwas
schwierig,
aber ohne sie geht es auch nicht. Der
arme Heinz.*'

Ach, ist das schön........

Else wusste nicht, wo sie hinsollte. Nur
eins war klar. ,*Zu Heinz wollte sie auf gar
keinen Fall.
Der betrog sie mit der blöden
Wahrsagerin.
Sie hatte es gewusst. Nur, wenn man es
nochmal so deutlich hört, tut das schon
weh.
Und der gnädige Herr tut so, als wäre
nichts, nicht mit mir.*'
Elses Gedankenkarussell kreiste
unaufhörlich.
Sie hatte nur schnell einen Rucksack und
einen kleinen Trolley gepackt.

Den konnte sie hinter sich herziehen. Sie stromerte so durch die Stadt und war in Gedanken vertieft. RUMMS.

Weil Else ihre Augen mehr nach unten richtete, stieß sie mit einem Eisberg zusammen.

Zumindest tat es so weh. Es riss sie von ihren Beinen. Ihre letzten Worte waren: „Passen Sie doch auf, Sie Idiot."

Dann war ihr schwarz vor Augen.

Als sie völlig benommen versuchte ihre Augen zu öffnen, spürte sie Wasser in ihrem Gesicht, viel Wasser. *,Ertrinke ich gerade?'* dachte sie.

Dann war sie hellwach und schrie: „Hey, was soll denn das? Sind sie nicht ganz dicht, oder was?" Sie wischte das Wasser aus ihrem Gesicht. Das Wasser war nicht klar, sondern rötlich.

Ihr wurde schlecht.

„Else, Else, nun wach doch auf. Ich bin es Heiner, dein Trainer!" Er wurde noch etwas lauter: „ELSE!"

Else wurde jetzt klarer und sah in Heiners Gesicht, der sie völlig entsetzt anstarrte.

„Was ist denn los? Ach, hallo Heiner. Du ich konnte das letzte Mal nicht

kommen, ich bin viel beschäftig, weißt
du, deshalb......"

„Nun rege dich mal ab. Wir sind
zusammengestoßen.
Ich hatte gerade mein Handy in der
Hand und wollte telefonieren, als du mit
voller Wucht gegen meine Brust gerannt
bist."

,Doch kein Eisberg, aber so ähnlich.'

„Du hast eine kleine Platzwunde an der
Augenbraue, sollte sich mal ein Arzt
anschauen. Soll ich deinen Mann
anrufen oder gleich einen
Krankenwagen?"

„Bloß nicht," meinte Else. „Keinen
Krankenwagen, wegen einem Kratzer.
Und was den Mann angeht, es ist nicht
meiner, wir sind nicht verheiratet, Gott
bewahre. Wir haben uns getrennt. Ich
habe es bei ihm nicht mehr ausgehalten.
Jetzt bin ich erst einmal auf der Suche
nach einer Bleibe.
Ich versuche das nächst Mal wieder zum
Training zu kommen, versprochen."

Sie brabbelte einfach drauf los.

Heiner sah sie an und meinte:

„Du bist ja völlig durch den Wind, du
kommst erst einmal mit zu mir.

Kannst du aufstehen? Mein Auto steht da vorne."

Er nahm ihr den Rucksack ab, den Koffer trug er, statt ihn zu rollen und stütze Else an ihrer Hüfte.

,*Was für ein Mann,*' dachte Else. Dann gingen sie zum Auto.

Sie fuhren aus der Stadt heraus und es wurde ländlicher.

Als Heiner von der Straße auf einen Feldweg abbog, meinte Else: „Wenn du mich jetzt vernaschen willst, kannst du mir das auch einfach sagen. Dazu wäre ich sofort bereit."

Dabei lächelte sie Heiner ein bisschen verkrampft an. Mit der rechten Hand drückte sie das Taschentuch auf ihre Augenbraue, damit kein Blut auf die kostbaren Autositze tropfte.

Ihre Bluse war von dem Wasser, das Heiner ihr ins Gesicht spritzte, nass.

Zum einen, um sie zum Aufwachen zu bewegen,

zum anderen, um die Wunde auszuwaschen.

Zu Hause wollte er sie versorgen.

Heiner schaute sie verwirrt an und hielt das Auto an.

„So, da wären wir, hier wohne ich."
Erst jetzt bemerkte Else, dass sie vor
einem alten Fachwerkhaus standen.
Sie dachte: *‚Oh, doch keinen Sex mit
Heiner, das ist aber Schade.'*
Heiner lief um das Auto herum, um Else
die Tür zu öffnen.
Ein Golden Retriever begrüßte beide mit
einem Schwanzwedeln. Else streichelte
den Hund.
„Du bist ja ein Hübscher, wohnst du
auch hier?"
Heiner meinte: „Das ist Leila, die andere
Dame im Haus."
Else schaute sich um und sah Hühner,
die einfach frei umherliefen. Auf der
anderen Seite des Hauses, war ein
Schuppen zu sehen. Weiter vorn auf der
Weide grasten zwei Pferde. Ein Pfau
stolzierte über den Hof, ganz frei. Es
war, außer den Geräuschen der Hühner,
ganz still.
Heiner ging schon mal ins Haus vor. Else
ging langsam mit Leila nach.
Als sie in das Haus kam, staunte sie nicht
schlecht.
Es war alles offen, so eine Art Loft.

Die Wände waren mit schwarzen Balken verziert. Es gab eine Treppe nach oben, aber alles offen.

Als ihr Blick nach oben ging, sah sie an der Decke ein Bett. Es war an Ketten hochgezogen. Sie fragte Heiner: „Wie kommst du abends in dein Bett?"

Heiner nahm eine Steuerung in die Hand und ließ es runterfahren.

„Total abgefahren," meine Else. Heiner grinste.

Dann ging er ins Bad, um für Else Strips zu besorgen.

Else folgte ihm wie hypnotisiert.

Während Heiner die Strips rausholte, nahm er noch eine braune Flasche und einen Tupfer heraus. Else sah sich erstaunt im Bad um. Da war eine Eckbadewanne mit Strudel und Massageknöpfen zu sehen. Eine normale Toilette, ein Pissoir, und ein Bidet.

Eine Leinwand zierte die Wand über den eben genannten sanitären Anlagen.

Es sah aus, als ob man ins Meer pinkelt, oder sich die Hände zwar im Waschbecken wäscht, aber man das Gefühl hat, dass man dies im Meer macht. Total abgefahren.

Große Palmen schmücken das Badezimmer und wenn Heiner das Licht anknipste, kam aus dem Lautsprecher, Meeresrauschen.

Eine Riesensonne diente als Lampe. Es war paradiesisch schön.

Heiner tupfte ihr die Stelle an der Augenbraue sauber. Else zuckte nicht einmal. Dann setzte Heiner zwei Strips an die Braue.

„Willst du ein kaltes Bier?"

Heiner zog an einem Band. Eine Wand öffnete sich, dahinter stand ein amerikanischer Kühlschrank. Als er ihn öffnete, sah Else nur Bier.

Voll bis oben hin.

Sie nickte nur, als er ihr die geöffnete Flasche gab. Der Flaschenöffner war am Kühlschrank und der Kronkorken fiel direkt in einen Auffangbehälter.

Sie stießen an und tranken einen großen Schluck.

„Und gefällt es dir hier?"

Die Frage von Heiner war unnötig.

Else nickte.

„Wenn du willst, kannst du erst mal hierbleiben, bis du etwas anderes gefunden hast."

Else dachte: *‚Ach, ist das schön.'*

Sagte aber:

„Danke für dein Angebot, ich nehme das gerne an." Dann stießen sie nochmal an und leerten ihre Bierflaschen.

*W*arum sollte ich

Im oberen Bereich hatte Heiner noch einen Schreibtisch, wo allerhand Papiere lagen.

Eine Videokamera auf einem Stativ stand achtlos in der Ecke. Ein sehr großer Spiegel und daneben ein durch einen Vorhang zugezogener Kleiderschrank. Man sah allerdings sofort, was für Klamotten er hatte. Es waren nur zwei Stangen.

Im unteren Bereich waren zwei
Schuhregale,
in denen überwiegend Turnschuhe
standen. Ein großes Bett, das an der
Brüstung stand, um die gesamte
Wohnung zu überblicken.
Heiner meinte:
„Wenn du willst, kannst du ja hier
schlafen, musst nur das Bett neu
beziehen."
Er hob von einer großen Truhe den
Deckel und gab Else Bettzeug, Laken, ein
großes und zwei kleine Handtücher. Else
nickte nur freundlich, weil sie so
überrascht war, von so viel
Gastfreundschaft.
Heiner ging zum Fenster und öffnete es,
damit ein wenig Luft reinkam. Er winke
Else zu.
„Schau mal, es gibt hier keine Nachbarn.
Die Felder dürfen nicht bebaut werden.
Meine Hütte steht unter
Denkmalschutz.
Die Grundmauern mussten also stehen
bleiben.
Hier drin habe ich alles allein neu
gemacht."
Else schluckte und meinte:

„So etwas wunderschönes habe ich noch nie gesehen. Es ist ein Traum. Danke, dass ich hier sein darf, zumindest für ein paar Tage."

„Klar, kein Problem. Ach ja, hier oben ist auch noch eine Toilette,
ein Waschbecken und eine kleine Regendusche. Dann brauchst du nicht immer nach unten laufen, wenn du mal musst.

Ich mache dir nachher etwas Platz an meiner Garderobenstange, damit du deine Sachen unterbringen kannst."

Mit diesen Worten drückte er seine Klamotten zur Seite und ging die Treppen runter.

„Ich mache uns eine Pizza, was möchtest du darauf haben?"

Es schallte richtig, wenn man lauter sprach.

„Mir reicht eine Schinken Pilze, vielleicht so drei Oliven drauf wäre großartig."

„Ok, wird gemacht."

Damit verschwand er von der Bildfläche.

Als Else ihr Bett bezogen hatte, machte sie sich ein bisschen frisch.

Dann ging sie die Treppe runter und immer dem Geruch nach.

Leila kam ihr freudestrahlend entgegen.
Dann lief der Hund vor und Else
hinterher. Eine Mauer mit weißen
Ziegelsteinen, so etwa zwei Meter hoch,
stahl ihr die Sicht auf die Küche.
Als sie um die Mauer herumschaute,
verschlug es ihr den Atem.
Heiner stand mit freiem Oberkörper, mit
einer Schürze bekleidet in der Küche. Er
belegte gerade die nächste Pizza. Die
andere verteilte schon den Duft im
Raum.
„Oh, da bist du ja, deine Pizza ist gleich
fertig. Setz dich doch schon mal hin,
oder noch besser, decke schon mal den
Tisch." Else sah sich erst einmal um. Mit
so einem Raum hatte sie nicht
gerechnet. In einer Ecke stand ein
Originalpizzaofen, an dem Heiner
gerade die Luke öffnete, den Schieber
unter die Pizza schob, sie kurz rausholte,
um sie dann wieder im Ofen
verschwinden zu lassen.
Die Küche war schneeweiß mit hohen
Schränken. In der Mitte des Raumes
stand ein Herd, davor eine Theke mit
vier Barhockern, angefertigt aus
Pferdesatteln.

Es sah richtig kultig aus.
Heiner zog gerade einen
Apothekerschrank auf, um etwas
Oregano rauszuholen.
Else öffnete einen Schrank, holte zwei
Teller raus, dann aus der
Besteckschublade, Messer und Gabel
und deckte den Tisch.
„Oh, Besteck hättest du gar nicht
rausholen müssen. Ich schneide sie
immer gleich in gerechte
Pizzastückchen."
Else packte das Besteck wieder weg und
war überrascht, als Heiner ihre Pizza aus
dem Ofen auf ihren Teller gleiten ließ.
Es duftete köstlich.
Fünf Minuten später aßen beide ihre
Pizza und tranken ein kühles Bier aus
der Flasche dazu. Else dachte nur:

*‚Warum sollte ich hier wieder ausziehen,
ich habe doch alles.*
*‚Was zu essen, was mir vorgesetzt wird,
immer ein kühles Bier, eine traumhafte
Wohnung,*
*Eine himmlische Ruhe und einen starken
Mann, der mich beschützt.*

Fehlt nur noch der Sex.'

*W*o, verdammt ist Else

Oma Thiel war krank vor Sorge.
Else war weder bei ihren Freunden
untergetaucht noch im anderen
Seniorenheim Glückseligkeit zu sehen.
Sie saß am Küchentisch und weinte, als
Werner reinkam.
Er sah, dass seine Elfriede traurig war
und nahm sie in den Arm. Oma Thiel
schniefte jetzt noch lauter und meinte:
„Wo verdammt ist Else nur? Du weißt
doch wie leichtgläubig sie ist.
Else würde beim erst Besten ins Auto
steigen. Du kennst sie doch. Oh Werner,
was soll ich nur machen?" Werner
meinte: „Ich werde mal ins Heim zur
Glückseligkeit fahren und Reinhild
fragen, ob ihre Jungs was gehört
haben."

„Oh ja, das ist eine gute Idee," schniefte Elfriede.

Es klopfte und Heinz kam rein.

„Gibt es hier etwas zu essen? Ich habe Hunger!" Er sagte es einen Tick zu laut. Elfriede erhob sich, mit Zornesfalten auf der Stirn.

Sie ging Heinz entgegen.

Mit dem linken Unterarm wischte sie ihren Schnodder von der Nase. Mit der anderen Hand holte sie aus und gab Heinz mit voller Wucht eine Ohrfeige. Er taumelte kurz zurück. Bevor Heinz fragen konnte, schrie Elfriede Heinz an: „Was bildest du dir eigentlich ein. Else ist wegen dir weggelaufen, begreifst du das nicht, du Trottel. Vielleicht ist sie schon tot? Aber der Herr denkt nur ans Essen, war ja klar!"

Werner zog Elfriede am Arm zurück und meinte:

„Komm Liebling, wir fahren sie jetzt suchen."

Bevor Heinz etwas sagen konnte, rieb er seine Wange: „Aua."

Die beiden rauschten ab.

Heinz ging hinterher, aber beide waren schon am Auto.

Mit keinem Blick zurück setzten sie sich ins Auto und fuhren vom Hof.

Heinz setzte sich auf die Bank vor dem Stall und steckte sich erst einmal eine Zigarre an.

Uschi sah Heinz aus ihrem Fenster, nahm zwei Flaschen kaltes Bier und ihre Zigaretten und schlenderte zu Heinz. Wortlos setzte sie sich neben ihn, hielt ihm die geöffnete Flasche hin, die er dankend annahm, steckte sich eine Zigarette an, zog genüsslich den Qualm ein und stieß ihn zum Himmel aus.

So saßen sie wortkarg nebeneinander und stießen lautlos ihre Flaschen aneinander. Nach circa fünf Minuten des Schweigens meinte Uschi: „Hast du schon eine Vermisstenanzeige aufgegeben Heinz?"

Heinz schaute sie verdutzt an und erwiderte: „Nö, wieso?"

„Na, weil ihr vielleicht etwas zugestoßen ist."

„Meinst du? Glaube ich nicht.
Else kommt bestimmt heute wieder. Sie wollte doch heute kochen. Ich habe auch Hunger wie verrückt."

„Pass mal auf, du fährst jetzt zur Polizei und ich koche etwas für uns.
Dann schauen wir in meine Kugel und gucken, wo Else ist. Ist das Ok für dich?"
„Wenn du meinst." Heinz zuckte mit den Schultern, trank sein Bier auf Ex aus, drückte seine Zigarre richtig aus und schlurfte zum Auto.
Uschi eilte ins Haus, um zu sehen, was sie auf die Schnelle zaubern könnte.

Erst als Werner mit seiner Frau auf den Kiesweg fuhr, bemerkte Elfriede, dass sie schon da waren. Sie war so in ihren Gedanken verloren.
Sie fragte erst am Empfang. Negativ.
Dann klingelten sie bei Reinhild. Die freute sich, die Beiden zu sehen und bot auch gleich einen Kaffee an, den sie dankend annahmen.
Oma Thiel erzählte Reinhild alles, was geschehen ist.
Sie nahm sofort den Telefonhörer, um ihren Sohn Thiemo anzurufen.

Der hatte aber auch nichts gehört,
würde aber Augen und Ohren
offenhalten und Bescheid geben, wenn
er etwas hört.
So saßen sie noch beieinander und
Werner ging in seine Suite hoch, um
nach dem Rechten zu sehen.
Heinz betrat die Polizeiwache.
„Guten Tag, was kann ich für sie tun?"
Ein untersetzter Mann, Anfang 50 fragte
freundlich.
„Ich möchte gerne eine
Vermisstenanzeige aufgeben."
„Dann kommen sie mal hier rum und
nehmen sie Platz.
Wie lange ist die Person schon weg?"
24 Stunden ist es schon her, zumindest,
was den Kohldampf in meinem Bauch
angeht. Wissen sie, meine Else kocht
immer für mich und…."
„Ja, das ist ja schön und gut, aber
beschreiben sie ihre Else." Heinz nickte.
„Ja, sie heißt Else Schmidt mit dt, da legt
sie viel Wert drauf."
„Wie alt ist denn ihre Frau?"
„Nein, nein, sie ist nicht meine Frau,
noch nicht, Herr Wachtmeister,

aber bald werden wir heiraten, das weiß ich. Ich spüre so etwas…."

„Wie alt?", kam erneut die Frage.

Also von hinten sieht sie aus wie sechzehn, von vorne wie hundert. Im Bett ist sie eine glatte zehn von zehn."

Der Polizist verstand nun gar nichts mehr. Deshalb wiederholte er seine Frage nochmal.

„Wie alt ist ihre zukünftige Frau?"

„Sie ist 81, aber sie dürfen ihr das nicht sagen. Als sie 81 Jahre alt geworden ist, haben wir eine 18 draus gemacht, einfach die Zahl umgedreht, verstehen sie Herr Wachtmeister?"

Mit einem großen Fragezeichen im Gesicht, meinte der: „Also 81, aber es soll keiner erfahren, richtig?"

Heinz nickte zufrieden.

„Haben sie ein Bild bei sich, wäre vielleicht einfacher."

„Klar, habe ich ein Bild." Heinz zog umständlich sein Portemonnaie aus der Gesäßtasche. Dabei ging sein Oberkörper etwas nach vorn.

Der Polizist wurde aufmerksam.

„Sagen sie mal, haben sie Alkohol getrunken? Sind sie mit dem Auto da?"

Der Wachtmeister interessierte sich mehr für Heinz als für die verschwundene Person.

Heinz winkte ab: „Ach, nur ein Bier mit Uschi, Herr Wachtmeister." Dabei zog er das Bild von Else raus und gab es dem Polizisten.

Der Polizist schaute auf das Bild und sah:

*Else,
in schwarzen Strapsen, Lederstiefel,
die über ihr Knie ging.
Die Haare nach hinten gegelt.
Nietenarmbänder und ein
Nietenhalsband.
In ihren Händen, mit schwarzen
Nietenhandschuhen bekleidet, an denen
die Fingerkuppen frei waren,
hielt sie in der rechten Hand eine
Peitsche und über die linke Hand ließ sie
die Lederbänder der Peitsche streifen.
Eine Sonnenbrille in XXL zierte ihr feines
Gesicht und
deckte alle Falten ab.*

Uschi war gerade dabei, den Tisch zu decken, als es an der Haustür schellte.

„Ach, da bist du ja schon wieder. Hat denn alles funktioniert, Heinz?"

„Ich weiß nicht so recht. Der Herr Wachtmeister meinte zu einem anderen Wachmeister, dass ich durcheinander bin, vielleicht auch senil oder dement. Als ich ihm sagte, wo ich wohne und wo auch Else wohnte,

meinte sein Kollege, dass dort doch Alte und auch an Demenz Erkrankte untergebracht sind, oder?"

Uschi unterbrach ihn kurz: „Bier?" Heinz nickte.

Dann erzählte er weiter.

„Die wollten wissen, wer du bist?"

„Ich?"

„Ja, ich habe ihnen gesagt, dass ich nur ein Bier mit Uschi getrunken hatte. Sie hatten meine Bierfahne gerochen."

„Und dann?"

„Ja und dann hatte ich ihnen ein Bild von meiner Else gezeigt.

Der Wachtmeister setzte sich sogar seine neue Lesebrille auf, um Else besser zu sehen und meinte: HÜÜÜBSCH…."

Dann war der andere Wachtmeister so nett und fuhr mich nach Hause.
Das Auto könnten Freunde von mir abholen, meinten sie."
„Ja, hast du denn jetzt eine Anzeige aufgegeben?"
Heinz zuckte mit den Schultern und meinte:
„Was gibts zu essen?"

 reunde

Else fühlte sich pudelwohl bei Heiner. Auch, wenn sie ab und zu an ihre Liebsten daheim dachte. Ja, auch an Heinz. Sie vermisste ihn sogar. Völlig in Gedanken versunken wurde Else aus ihren Tagträumen gerissen. Heiner fragte:
„Kommst du nun mit oder nicht?"
„Wie, wohin denn?" Else war irritiert.
Sie hatte gar nicht zugehört, was Heiner fragte.

„Na, zum Einkaufen. Heute Abend
kommen ein paar Freunde zum Grillen."
„Grillen? In dieser Kälte? Bist du
verrückt geworden? Das ist doch viel zu
kalt zum Grillen. Können wir uns das
nicht hier gemütlich machen?"
„Grillen ist doch gemütlich," antwortete
Heiner mit voller Überzeugung.
„Ich komme gerne mit zum Einkaufen
und helfe dir, aber beim Grillen bin ich
raus."
„Wir grillen doch nicht draußen,
sondern in der Scheune gegenüber.
Da stehen einige Heizstrahler und somit
ist es da warm."
Else war misstrauisch, ließ sich aber
nichts anmerken.
Als sie bei dem Sparmarkt ankamen, war
ihr ein bisschen unwohl. Vielleicht
gehen Elfriede und Werner hier gerade
einkaufen, womöglich noch mit Heinz.
Unsicher schaute sie sich schon auf dem
Parkplatz nach den Autos um, ob ihr
irgendetwas bekannt vorkam.
Drinnen vergaß sie es schon wieder und
schmiss wahllos alles in den
Einkaufswagen.

„Hey, hey, hey, nun mal langsam,
wir müssen uns schon einig sein, was
wir kaufen."
Also, die Sachen von Else wieder raus.
Jede Menge Fleisch und Würstchen
lagen schon im Wagen. Else nahm Salat
mit und blickte Heiner an. „Ist das OK?"
Sie war unsicher, weil Heiner ja alles
bezahlte. „Ja klar, kannst du auch
Kartoffelsalat und Nudelsalat machen?
Den grünen Salat kann ich selbst
machen. Zwei Mädels kommen etwas
eher und helfen dir dann."
Else nickte und meinte:
„Ich werde auch einen Salat mit
Schafskäse und Oliven machen, das
kommt immer gut an."
In der Getränkeabteilung holte Heiner
vier Kisten Bier, Sekt, Wein, Ramazzotti,
und noch zwei andere Getränke, die Else
nicht kannte. Dann schoben sie die zwei
Einkaufswagen zur Kasse und bezahlten.
Als sie mit allem fertig waren, fuhren sie
vom Parkplatz.
In dem Moment fuhr Werner mit seiner
Frau auf den Platz. Für einen Bruchteil
der Sekunde sahen sich Oma Thiel und
Else in die Augen.

Dann gab Heiner Gas.

*

Else stockte für einen Moment der Atem. Es zerschnitt ihr fast den Brustkorb. Ihr fehlte ihre beste Freundin. Ach könnte sie ihr doch sagen, wo sie war.
Aber dann wüsste es auch Werner und der erzählt es prompt Heinz. Ach Heinz….
Was er wohl so macht, ganz allein…..
Ach nee, er ist ja nicht allein, er hat ja diese blöde Uschi. Wahrsagerin, dass ich nicht lache. Sie will alles in einer Glaskugel sehen, völlig unglaubwürdig. Ich habe auch eine Glaskugel, meine ist, um die Post zu beschweren, damit sie nicht abhandenkommt.
Dieses arrogante Weibstü…
Else wurde aus ihren Gedanken gerissen. Sie hatte gar nicht bemerkt, dass sie schon wieder daheim war. Na ja, eher bei Heiner waren.
Auf dem Hof stand ein alter amerikanischer Jeep.

Eigentlich hatte er die Grundfarbe Rot,
aber Dreck war überall am Auto, sodass
man nur noch wenig von der Farbe sah.
Aus dem Auto sprangen zwei Frauen
heraus.
Beide hatten Jeans und Cowboystiefel
an.
Sie waren in dicken Jacken gehüllt. Eine
Frau kam gleich auf Else zu. Dabei
hüpfte ihr Pferdeschwanz auf und ab.
Sie stellte sich mit dem Namen Hanna
vor und nahm Else einfach kurzerhand
in den Arm.
Auch die zweite Frau, die ihr Haar offen
trug, kam gut gelaunt auf Else zu und
begrüßte sie mit den Worten: „Hallo, ich
bin Marlis. Wir haben schon viel von dir
gehört."
„Na," meinte Else, „ich hoffe nur Gutes."
Alles lachte.
Im vorderen Bereich stiegen zwei
Burschen aus, die Holzfällerhemden
trugen,
an denen die Ärmel aufgekrempelt
waren. Dadurch sah man sofort die
durchtrainierten Unterarme.
Männer frieren eben nicht so schnell.

Auch sie sagten brav hallo zu Else. Dann gingen die Frauen rein, um die Salate zu machen. Die Männer verschwanden in der Scheune.

Geschlagene drei Stunden später hatten die Mädels so viel gemacht, dass bestimmt die Hälfte weggeschmissen wird. Aber weit gefehlt.

Als die Mädels vollgepackt in die Scheune kamen, waren dort unzählige Leute.

Es mussten über zwanzig sein. Die Männer waren muskelbepackt, so wie Heiner, und die Mädels waren alle hübsch anzusehen.

Dadurch, dass Else ja schon 81 Jahre alt ist, was natürlich keiner weiß, war das Durchschnittsalter ca.

30 - 40 Jahre.

In der Scheune war es überraschend warm, die Musik, Country Musik, dröhnte aus den Boxen.

Else fühlte sich sehr wohl, weil sich auch viele mit ihr unterhalten wollten.

Für den Abend vergaß sie ihre Lieben daheim, vor allem Heinz.

Der war so weit weg.

Wo ist sie nur....

„Das war auf alle Fälle Else!"
Oma Thiel war aufgebracht.
„Das glaube ich nicht. Hast du nicht
diesen Muskelprotz gesehen, der hinter
dem Lenkrad saß?"
Werner versuchte seine Frau zu
beruhigen.
„Sie hat mich aber angesehen, das habe
ich genau gesehen, ich bin doch nicht
blind!"
Oma Thiel versuchte sich gar nicht erst
zu beruhigen.
„Was hast du gesagt, ein Muskelprotz?
Das ist doch typisch für Else. Hast du dir
sein Nummernschild gemerkt, was war
das für ein Auto? Welche Farbe?"
Elfriede überschlug sich.

Werner hatte auf solche Kleinigkeiten nicht geachtet. Er musste auf den Verkehr achten, damit hatte er schon genug zu tun.

Nachdem die Beiden durch die Gänge gerast sind, um einzukaufen, sind sie geschwind nach Hause gefahren.

Kurzerhand lief Oma Thiel zu Heinz rüber und wollte fragen, ob er schon etwas gehört hatte. Der Schlüssel steckte wie immer draußen.

Als sie das Haus betrat, lagen Trainingshose,

Socken und verdreckte Turnschuhe im Flur herum.

Sie stieg darüber hinweg und rief nach Heinz.

In der Küche wurde sie fündig. Der Abwasch türmte sich bei ihm. Die Bierflaschen auch. Ein Aschenbecher mit Zigarrenstummel lief über.

Es roch nicht nur, nein, es stank bestialisch.

„Wie sieht es denn hier aus?"

Oma Thiel hielt sich beide Hände vor den Mund.

Schlaftrunken, es war halb eins durch,
hob Heinz seinen Kopf von seinen
Unterarmen und fragte:
„Else, bist du das?"
„Nein, es ist nicht Else," schrie Elfriede
zwischen ihren
Händen immer noch am Mund haltend.
„Heinz, du bist ein richtiges
Dreckschwein. Kein Wunder, dass Else
weg ist."
„Ach du bist es." Heinz stand auf,
versuchte dabei den Aschenbecher
unauffällig zur Seite zu schieben, was
etwas schief ging.
Er knallte krachend auf die Fliesen und
zerbrach in 1000 Teile, mitsamt Inhalt.
Elfriede nahm Heinz und zog ihn von
den Scherben weg.
„Zieh dir etwas an, vor allen Dingen an
den Füssen, sonst schneidest du dich
noch."
Heinz zog die dreckige Jogginghose vom
Flur über und steckte seine Füße in die
dreckigen Schuhe. Die Socken ließ er
weg.
Da Oma Thiel wegen des Gestanks kaum
atmen konnte, nahm sie Heinz mit zu
sich rüber. Werner sah gleich, dass es

seinem Freund nicht gut ging und suchte
ein paar Anziehsachen für ihn raus.
„Heinz, geh erst einmal duschen, dann
ziehst du dir etwas Sauberes an, dann
wird geredet."
Eine halbe Stunde später saßen sie an
ihrem alten Küchentisch.
Keiner sagte etwas. Dann klingelte es
und Oma Thiel sprang sofort auf.
Uschi kam herein und hatte ihre, in ein
Tuch gewickelte Wahrsager Kugel,
mitgebracht.
Auch mich hatte Oma Thiel angerufen,
war aber noch unterwegs. Alle schauten
Uschi an, die nun sorgfältig ihre Kugel
auspackte und auf den Tisch legte.
„Was wollt ihr Wissen, ha, ha?"
Ihr Blick war glasig, oder konzentriert.
Elfriede erzählte die kurze Begegnung
mit Else heute.
„Was," schrie Heinz auf, „meine Else hat
einen Neuen?"
„Nun bleib doch mal ruhig, das wissen
wir noch nicht so genau, deshalb ist
Uschi da."
Es wurde ruhig, sehr ruhig.
Uschi gab Wörter von sich, mehr ein
Gemurmel.

„Da, ich sehe was. Else.
Ich sehe Else deutlich."

„Was ist mit ihr?"

„Pssst,"
Uschi legte den Zeigefinger auf ihre
Lippen.
„Es geht ihr gut. Sie lacht laut und ist
glücklich.
Da......da neben ihr ein gutaussehender
Mann, und noch einer. Zwei Männer."
Heinz dachte: ‚Das passt zu ihr.'
„Da, der Mann nimmt Else auf den Arm
und trägt sie über die Türschwelle, sie
trägt einen Schleier."

RUMMS, knallte der Stuhl um, auf dem
Heinz saß. Er ist einfach aufgestanden,
dabei kippte sein Stuhl nach hinten.
„Du lügst doch, dass sagst du nur, weil
du was von mir willst, du verlogenes
Weibsstück!"
Heinz war aufgebracht.
Uschi beleidigt.
Werner hob den Stuhl wieder auf und
Oma Thiel wollte gerade etwas sagen,
da klingelte es an der Haustür.

„Ach Conny, endlich kommst du. Wir sind mit unserem Latein am Ende."

„Nun mal ganz ruhig, erzähle erst einmal, was du gesehen hast und was Uschi sagt."

Oma Thiel erzählte ruhig alles, während Uschi ihre Glaskugel wieder ins Tuch rollte. Werner holte zwei Bier aus dem Kühlschrank und gab eine Heinz ab.

Als sie alles berichtet hatte, sagte ich ganz ruhig.

„Else ist ganz klar bei Heiner.

Sie kennt doch keinen anderen. Heiner ist ein Muskelprotz und außerdem hat er ihr schon mal geholfen."

„Wer ist Heiner?"

Heinz konnte nicht folgen.

„Heiner ist ihr Trainer des Kampfsportes, wo sie öfter hingeht. Ich denke mal, dass er nicht weiß, dass sie verschwunden ist. Heiner hat ein großes Anwesen, etwa 25 Minuten von hier. Ich weiß, wo das ist."

Alle starrten mich jetzt an.

Heinz und Werner sprangen auf und wollten sofort los.

„Halt, nicht so schnell, meine Herren,"
meinte Elfriede. Erst einmal musst du
drüben dein Chaos aufräumen.
Außerdem solltest du dir etwas einfallen
lassen, damit du zeigen kannst, dass du
es ernst mit Else meinst. Ich glaube, dass
wir dir alle helfen, allerdings zum letzten
Mal." Alle nickten.

*N*ie wieder

,OH ja, ich will dich, nimm mich. Oh
Heiner, du bist der beste Liebhaber, den
ich je hatte. Ja komm, nimm mich.
Heinz, was willst du denn hier? Ich kann
jetzt doch nicht. Verschwinde. Ja,
Heiner, jetzt bin ich ganz bei dir.
Heinz, nun verschwinde endlich und hör
endlich auf zu klopfen. Ja, Heiner........'
„Hallo Else, bist du wach, soll ich auf
dich warten mit dem Frühstück?"
Else wurde schlagartig wach.

Das Nachthemd klebte vom Schweiß auf ihrer Haut.

Sie rief von oben: „Ja, ich komme gleich, zehn Minuten, bin gleich unten.!"

„Ok, bis gleich."

Heiner verschwand wieder in der Küche.

Else machte nur eine Katzenwäsche und zog sich schnell was über. Ein Schwindel überkam sie.

Es drehte sich alles.

Sie hielt sich am Waschbecken fest und schaute in den Spiegel.

„Ich fühle mich wie Strandgut, das am Morgen durch die Flut angespült wurde. Nie wieder, nie wieder fasse ich Alkohol an. Wie kann man nur so viel trinken."

Else klatsche sich kaltes Wasser ins Gesicht, kämmte ihre Haare und gab ihrem Gesicht noch eine Feuchtigkeitscreme.

Dann huschte sie zu Heiner.

Der saß am Frühstückstisch und hatte Unmengen an Rühreiern mit Speck vor sich. Da stand ein geöffnetes Glas Rollmöpse auf dem Tisch und eine Flasche Bier.

„Du trinkst morgens schon Bier," fragte sie irritiert.

„Nur, wenn ich am Abend zu viel getrunken habe, sonst natürlich nicht. Du siehst auch nicht so taufrisch aus?" Er lachte, öffnete eine zweite Flasche Bier und reichte sie Else.

Würgend nahm sie die an und trank sogar einen Schluck.

„Schicker Pulli, den du da anhast," meinte Heiner.

„Ja, nicht, den habe ich gestern irgendwann übergezogen. Der lag auf einem Heuballen und mir wurde später so kalt."

„Ja, ich weiß, ich habe ihn dir angeboten, ist meiner."

„In deinem Pullover kann man ja zelten," lachte Else.

Heiner lachte auch.

Dann sagte sie: „Du hast sehr nette Freunde.

Alle sind so nett zu mir gewesen und zuvorkommend. Danke, dass ich dabei sein durfte."

Else nahm noch einen Schluck Bier. Es ging ihr tatsächlich etwas besser.

„Du kannst jederzeit mit uns feiern.
Aber sage mal, vermisst dich denn
keiner?"
Das war das erste Mal, dass Heiner
fragte.
„Ja, doch, schon, vielleicht.
Ich glaube, ich sollte mir mal Gedanken
machen, wie es weitergeht.
Aber jetzt wird erst einmal kräftig
gefrühstückt."
Beide ließen es sich schmecken.

⚜uf der Suche

Als Erstes haben alle Leute mit
angepackt, um das Chaos, das Heinz
hinterlassen hat, in Ordnung zu bringen.
Das heißt, fast alle. Uschi hatte sich
heimlich aus dem Staub gemacht. Sie
wollte sich nicht länger um Heinz
kümmern, denn da war nichts zu holen.

Es gab noch genug andere alte Leute, die sie beglücken könnte. Vor allem wurde es sehr gut bezahlt.

Else hatte sie durchschaut, deshalb musste sie weg. Und da sie sehr eifersüchtig ist, war das ein Klacks für sie, irgendwelche Geschichten zu erzählen.

Werner fuhr mit Heinz nochmal zur Polizei. Er wollte das Auto von Heinz holen und dabei gleich mal fragen, ob sie schon etwas herausgefunden hatten. Die Frauen putzten und danach wollte Conny zur Judohalle fahren, um die genaue Adresse von Heiner zu erfahren. Auf der Polizeistation zuckten die Beamten nur mit dem Schultern und meinten,

sie hätten die Anzeige von Heinz nicht so ernst genommen.

Heinz hatte den Beamten ein Bild von einer sehr alten Frau im Lederoutfit gezeigt. Das hatten sie nicht ernst genommen. Dann erzählte er auch noch, wo er wohnte.

Als Werner das Durcheinander aufgeklärt hatte, durfte Heinz seinen Wagen wieder mitnehmen.

Sie fuhren wieder nach Hause und erzählten erst einmal, was bei der Polizei passiert war. Im Anschluss halfen sie den Frauen, den Rest des Chaos zu beseitigen.

Als Heinz den Müll rausbrachte, sah er gegenüber, bei Uschi, ein älteres Ehepaar rauskommen. Er dachte sich nichts dabei und widmete sich seiner Zigarre, die er rausgeschmuggelt hatte, um ein paar Züge daran zu nehmen. Vor der Scheune stand immer ein Eimer, extra für die Raucher.

Nach dem dritten Zug fragte er sich:

,*Was mache ich hier eigentlich?*

Ich verstecke mich vor Else, meinen Freunden, wenn ich mal eine Zigarre rauchen will, das geht doch nicht, oder doch? Else meinte es nur gut, von wegen Gesundheit.

Sie meinte, dass sie noch lange etwas von mir haben will; und ich? Ich trete das mit Füßen. Ich liebe sie doch, warum heirate ich sie nicht. Dann hat sie mehr Sicherheit.'

Er trat seine Zigarre aus und warf sie in den Müll, seine restlichen Zigarren gleich dazu.

Entschlossen ging er ins Haus. Elfriede wischte den Boden, und Werner stellte die Stühle hoch.

„Es reicht!", rief er.

„Was reicht?", ich kam gerade wieder und stand hinter ihm.

„Ich will keine Heimlichtuereien, ich will nicht mehr rauchen, nicht mehr bei Werner in seiner Suite Bier trinken und Fußball gucken und sagen, wir gehen mit Struppi zwei Stunden sparzieren."

Oma Thiel warf Werner einen Blick von unten herauf zu und meinte: „Aha."

Werner schaute wütend zu Heinz. Der ließ sich nicht beirren und sprach weiter.

„Ich will abnehmen, gesund leben und meine Else heiraten, basta!"

„Sehr gut Heinz, und ich weiß, wo deine Else ist," sagte ich dazu.

„Was?" rief Elfriede, „das ist ja großartig. Kommt, lasst uns gleich losfahren und sie holen."

„Nein," erwiderte Heinz, „noch nicht.
Ich möchte erst alles vorbereiten, damit
auch wirklich die Trauung vollzogen
werden kann."
Werner klopfte Heinz auf die Schulter
und sagte: „Sehr gut Heinz, und etwas
leiser hinterher, du hättest ja nicht dein
ganzes Leben umkrempeln müssen und
mich mit einbeziehen.
Jetzt habe ich Ärger mit Elfriede,
schöner Mist."

*G*ewissensbisse

Else hatte Gewissensbisse wegen
Elfriede, Werner und ihrer Freunde. Ja,
auch wegen Heinz.
*‚Ob es wohl richtig war, Uschi den Platz
an seiner Seite einfach so freizugeben?
Was ist, wenn er mit ihr glücklicher
wird? Vielleicht heiraten sie
wohlmöglich?*

Dann geht er mit Uschi zu unseren
Freunden zum Frühstück……
Nein, das geht auf keinen Fall.
Wenn ich Heinz nicht bekommen kann,
dann keine.'
Sie musste herausfinden, was alle so
treiben, vor allem Heinz.
Else hatte versucht mich anzurufen, bin
aber bewusst nicht ran gegangen.
Wenn die mich gefragt hätte, was hier
los ist, hätte ich Schwindeln müssen und
das wollte ich nicht. Ich rufe sie später
zurück, nur nicht jetzt.
,Mist, Conny nimmt den Telefonhörer
nicht ab, was mache ich denn jetzt? Ich
kann ja schlecht Elfriede anrufen, oder?
Sie überlegte noch und dann rief sie
Elfriede an.
,Auch nicht erreicht, wo sind die alle?
Wahrscheinlich machen sie ohne mich
einen Spieleabend. Ist ja auch viel
lustiger.'
Oma Thiel hatte Sahne geschlagen und
das Telefon nicht gehört.
Else hatte mal ein altes Handy
bekommen, für den Notfall. Elfriede,
Heinz und Werner hatten auch so eins.
Else musste anders planen.

Sie wollte wissen, ob man sie vermisst.
Wenn es dunkel ist, wollte sie sich auf
den Hof schleichen.
Sie würde einfach Heiner nach dem
Wagenschlüssel fragen.
Den Wagenschlüssel hatte sie von
Heiner nicht bekommen, aber er würde
sie fahren. Sie hatte ihn gefragt, ob er
sie in die Nähe des Altenheims fahren
würde.
Sie wollte nur kurz mit ihrem Verlobten
reden und dann wieder weg. Dreißig
Minuten würde das dauern. Heiner war
einverstanden und fand die Idee gut. Er
dachte, vielleicht renkt sich ja alles
wieder ein.

Gegen 18:00 Uhr fuhren sie los. Kurz vor
dem Altenheim meinte Else: „Halt an,
du kannst mich hier rauslassen.
Heinz ist immer so schnell eifersüchtig."
Das verstand Heiner und ließ Else raus.
„In dreißig Minuten an derselben
Stelle?"
Else nickte. Ihr Herz schlug ihr bis zum
Hals. Warum war sie denn so aufgeregt?

Sie schlich sich wie eine Diebin zum Haus von Heinz.

Alles dunkel, er war nicht da.

Dann schlich sie zum Haus von Familie Thiel.

Die Küche war hell erleuchtet.

Um den Küchentisch herum saßen Elfriede, Werner und Conny. Aber wo war Heinz? Jetzt lachten sie auch noch. Ihre Freundin wischte sich Lachtränen aus den Augen.

Else war entsetzt. ‚Wieso heult denn da keiner und vermissen tun sie mich auch nicht, schöne Freunde.‘

‚Heinz hängt bestimmt bei dieser Hexe rum.‘

Sie schlich sich zum Haus von Uschi. Die Gardinen waren einen Spalt geöffnet, sodass sie hineinschauen konnte. Uschi saß über ihrer dämlichen Kugel und starrte hinein. Sie sprach. Aber verstehen konnte Else nichts.

Ihr gegenüber saß ein älteres Ehepaar, so Mitte achtzig. Die Frau weinte. Der Mann griff in seine Hosentasche, holte ein Stofftaschentuch heraus und gab es seiner Frau.

Dabei strich er ihr über die Wangen und über den Rücken.

Ein Blitzen erschreckte Else und sofort duckte sie sich. Scheinwerfer leuchteten kurz auf und verschwanden wieder. Else zitterte entweder vor Aufregung oder vor Kälte.

‚Wo war denn Heinz?‘

Sie grübelte, als sie einen Stuhl über den Boden scharren hörte. Sie schaute wieder durchs Fenster und sah, dass sich die Leute verabschiedeten.

Der Mann griff abermals in die Tasche und holte ein Kuvert raus. Er öffnete es kurz, griff hinein und holte einen Haufen Geldscheine heraus.

Uschi nickte ihm entgegen und legte die Hand auf die Scheine. Er ließ das Bargeld wieder im Kuvert verschwinden und überreichte es Uschi. Dann verabschiedeten sie sich. Else machte sich sofort daran, sich zu verstecken.

Wieder ein Lichtstrahl.

Das Auto fuhr direkt auf den Hof.

Es war ein Taxi.

Die älteren Leute stiegen ein und fuhren weg.

Else kannte diese Herrschaften nicht.

Schade, sie hätte noch gerne gefragt, was da so viel Geld gekostet hat.

Sie schlich zurück zum Haus ihrer Freundin.

„Da, Heinz," rutschte es ihr raus. ‚*Er ist doch da, bestimmt war er nur kurz auf der Toilette. Wo sollte er auch sonst sein,*' dachte sich Else.

Ein Lächeln huschte über ihr Gesicht, bevor sie wieder in der Dunkelheit verschwand.

eschäfte

Uschi war begeistert. Die Geschäfte liefen wie am Schnürchen. Sie dachte sich:

‚*Das mit der Glaskugel lief noch besser als die Tarotkarten. Die alten Leute waren aber auch blöd.*

Die glauben alles, was man ihnen erzählt. Man gut, dass Hugo ihr diesen Tipp gegeben hatte.

Und seine Wohnung ist auch nicht schlecht. Wird alles vom Sozialamt bezahlt und Hugo bekommt nur zehn Prozent vom Gewinn.
Gleich kommen die nächsten Gäste. Ich werde das Gleiche sagen, wie bei denen, von gestern Abend. Das haut sie bestimmt um.'

Schon klingelte es. Geschwind und gut gelaunt ging sie zur Wohnungstür. Vorher schaute sie noch schnell in den Spiegel.

,Hervorragend sehe ich aus,'

dachte sie und zog eine lockige Strähne unter ihrem roten gemusterten Kopftuch hervor.

Sie riss die Tür auf.

„Guten Ta..... was willst du denn hier?"
Heinz stand vor der Tür.

„Guten Tag, Uschi. Hast du mal einen Moment für mich?"
Uschi wurde unruhig.

„Das passt mir im Moment gar nicht, ha, ha. Ich bekomme gleich Besuch, weißt du? Aber heute Nachmittag könnte ich eine Stunde freischaufeln, ha, ha.
Also, bis später." Sie wollte die Tür gerade schließen, aber es ging nicht.

Heinz hatte schon seine Puschen
zwischen die Tür.

„Was willst du noch, hast du nicht
verstanden, ich kann jetzt nicht!" Uschi
wurde laut.

„Nur einen kleinen Augenblick, es ist
wichtig."

Heinz quengelte. Da sah Uschi die
Herrschaften im Taxi auf den Hof
fahren.

Uschi schwitzte und ihr wurde ganz
weich in den Beinen. Die Frau ging einen
halben Schritt schneller als ihr Mann
und überreichte Uschi einen
Blumenstrauß.

„Hallo," sagte die freundliche Dame,
„Sie müssen Uschi sein. Guten Tag."
Auch der Mann gab brav die Hand und
machte einen kleinen Diener.

Heinz dachte: ‚*Wieso duzt sie ihre
Freunde nicht, hä, verstehe ich nicht.*'
„Oh, wir kommen ungelegen," meinte
der Herr, der nun auch Heinz die Hand
gab und sich mit Michael Tuschen
vorstellte, seine Frau tat es ihm gleich
und sagte, „Tuschen, Elisabeth,
angenehm."

Uschi sagte geschwind:

„Ach, das ist nur Heinz von gegenüber, ein alter Freund, er wollte gerade gehen, nicht Heinz?"

Heinz schaute in die Runde und antwortete: „Eigentlich wollte ich noch kurz etwas fragen……"

„Das klären wir dann heute Nachmittag, gell?"

Uschi explodierte fast.

„Ach was," meinte Michael, „kommen sie ruhig mit rein."

Dabei klopfte er Heinz leicht auf die Schulter und schob ihn in die Wohnung. Wir haben keine Geheimnisse, na ja, noch nicht. Wer weiß, wie gleich unsere Zukunft aussieht." Er klopfte Heinz abermals auf die Schulter und lachte dabei herzlich.

Heinz meinte: „Ich weiß nicht so recht, vielleicht ist das Uschi nicht so recht?"

„Ach was, auf einen mehr oder weniger kommt es doch nicht an."

Uschi bot den Herrschaften einen Kaffee und ein paar Plätzchen an.

Heinz stellte sie keine Tasse hin, damit er merkt, dass er stört.

Aber Heinz rief hinter Uschi her: „Ich nehme gerne ein bisschen Sahne dazu, danke."

Uschi platzte der Kragen.

‚Was mache ich denn jetzt nur. Ich kann schlecht die Leute übers Ohr hauen, wenn Heinz dabei ist, oder?

Aber wiederum ist der so blöd, dass der eh nichts merkt.'

Als sie ins Wohnzimmer zurückging, sah sie, dass sich Heinz angeregt mit den Leuten unterhielt. Sie stellte ihm die halb volle Tasse mit dem Worten hin: „bitte schön der Herr. Sahne ist aus, habe leider nichts mehr:"

Sie sagte das völlig ironisch und mit einem Unterton. Aber Heinz merkte es nicht und erwiderte: „Schade."

Es brennt, es brennt

Uschi war genervt, vor allem von Heinz.

‚Der saß den ganzen Abend *dabei und lieβ sich nicht vertreiben. Ich habe genug von dem Typen.*

Jetzt, wo seine Else weg ist, hängt er andauernd bei mir rum. Ich dachte ja, der hat Geld ohne Ende, wegen dem Haus und so. Aber es ist nichts aus ihm rauszukriegen. Auch über die Thiels lässt er nichts raus. Nur, dass die wohl zu zweit noch eine Altersresidenz haben, also müsste da eher was zu holen sein als bei Heinz.'

Uschi war in Gedanken versunken und trank vor der Scheune auf der Bank ihren Kaffee und rauchte eine Zigarette. Es war zwar bitterkalt draußen, aber sie hatte eine warme Jacke an.

Sie musste den Kopf freikriegen.

‚*Wie werde ich Heinz nur los.'*

Sie trank einen letzten Schluck Kaffee und drückte ihre Zigarette mit dem Fuß aus. Dann schmiss sie den Stummel in den Mülleimer, der zwei Meter danebenstand. Als sie die Kippe wegwarf, sah sie eine angefangene Schachtel Zigarren, von der Marke, die Heinz immer raucht.

,Wieso wirft der eine halb volle
Schachtel von seinen Zigarren weg?‘
Uschi wunderte sich.
Sie nahm die Schachtel raus und steckte
sie ein. Nachdenklich ging sie zur
Wohnung zurück.
In ihrer Wohnung zog sie Jacke und
Schuhe aus und untersuchte die
Schachtel.
,Hm, alles ganz normal. Warum wirft er
sie weg?
Ist er tüttelig, war es ein Versehen oder
gar mit Absicht. Heinz ist der Einzige, der
diese Zigarren raucht, hm.‘
Sie saß noch da und schaute die
Schachtel an. Dann sprang sie hoch und
sagte laut:
„Ich hab's. Ich fackle mit der Zigarre den
Stall ab.
Sie werden den Stummel von der
Zigarre finden und rausbekommen, dass
die von Heinz ist. Dann ist er
Brandstifter und muss ins Gefängnis und
ich habe freie Bahn, um noch mehr
Leute hinters Licht zu führen.
Genauso mache ich es, gleich heute
Abend, wenn Heinz kein Alibi hat.
Dafür werde ich sorgen.“

Gegen Abend machte sich Uschi schick, und ging zu Heinz. Der war überrascht.

„Hallo Uschi, was machst du denn hier. Ich dachte, du hast genug von mir."

„Ach was, Heinz. Ist nur blöd, wenn ich noch andere Gäste dahabe. Dann kann ich mich nicht um dich kümmern.
Ich habe gekocht und wollte fragen, ob du rüberkommen möchtest, etwas essen?"

„Oh ja, gerne, was gibt es denn?"

„Rouladen, Rotkohl und Klöße."

„Super, wann soll ich da sein?"

„In einer Stunde?"

„Passt, dann bis gleich."

„Ja, bis gleich, freue mich."

Beschwingt ging Uschi wieder nach Hause. Jetzt muss sie noch einiges vorbereiten.

Als sie zurückging, machte sie einen kleinen Abstecher in die Scheune.

,Ein paar Tiere werden schon umkommen,' dachte sie. *,Aber egal. Heute, am späten Abend schreien alle Feuer, Feuer.'*

Sie hatte ein Grinsen im Gesicht, und freute sich schon auf die hellen Strahlen des Feuers.

Danach würden sie ihr wieder die Hütte einlaufen und wissen wollen, ob das nochmal passiert.
Oma Thiel kam gerade aus dem Stall und grüßte höflich.
Uschi grüßte höflich zurück, dann ging sie geschwind in ihre Wohnung, um das Essen aufzuwärmen, das sie gestern nicht mehr geschafft hatte, zu essen.

7. Sinn

Oma Thiel ging ins Haus und meinte nachdenklich zu Werner, der gerade die Zeitung in der Küche las:
„Ich habe gerade Uschi gesehen. Sie stand mitten in der Scheune und grinste. Manchmal denke ich, sie guckt zu lange in ihre Glaskugel. Sie war völlig abwesend, stand da und grinste.

Erst als ich fast vor ihr stand, erschrak sie und grüßte. Kein weiteres Wort, schon komisch, oder?"

„Hm." Werner war zu sehr in seinen Sportartikel vertieft, als dass er Elfriede zuhören könnte.

„Wenn ich es nicht besser wüsste, würde ich meinen, dass sie sich freut, dass Else weg ist."

„Hm."

„Sage mal, hörst du mir überhaupt zu? Ich rede doch nicht mit dir, um die Luft in Bewegung zu halten, ich rede, damit du mir zuhörst."

„Yep."

„Die Gespräche mit dir sind immer so spannend wie eine Sanduhr, es plätschert so dahin."

Das spannende Gespräch wurde unterbrochen, indem es an der Haustür läutete.

Schwupp, legte Werner seine Zeitung weg und sprang wie ein Jüngling zur Tür. Er war nämlich mit Heinz verabredet. Sie wollten in seiner Suite Fußball gucken. Elfriede schüttelte den Kopf und goss sich einen Kaffee ein.

Als Werner die Tür öffnete, stand tatsächlich Heinz davor.

Werner sah ihn an und fragte: „Hast du dich verletzt? Du trägst ein Pflaster am Kopf."

„Pflaster?" Dabei ging er mit seiner Hand zu dem Pflaster. „Nee, das trägt man heute so."

„Komm rein, wir können gleich los," meinte Werner, um nicht weiter auf das Thema einzugehen.

Heinz ging in die Küche.

Oma Thiel begrüßte ihn und fragte ebenfalls: „Was hast du denn am Kopf gemacht?"

Heinz ging abermals mit seiner Hand zum Pflaster, das er an der Stirn hatte und meinte: „Beim Rasieren geschnitten."

Werner war nun doch erstaunt: „Mit einem Trockenrasierer auf der Stirn?"

Heinz ging nicht weiter darauf ein und sagte aufgeregt: „Ich kann nicht mit dir Fußball gucken, Uschi hat mich zum Essen eingeladen. Es gibt Rouladen, Rotkohl und Klöße."

Wie aus der Pistole geschossen riefen beide:

„WAS?"

„Wieso guckt ihr mich denn so an, ich muss doch mal was essen, mein Bauch ist schon ganz flach." Zur Unterstützung rieb er über den Bauch.

Werner antwortete erschütternd:

„Du gehst lieber zu deiner Wahrsagerin als mit deinem alten Freund zum Fußball? Schöne Scheiße."

Oma Thiel hatte sich nach dem ersten Schock gefangen.

„Sage mal Heinz, wann hat sie dich denn eingeladen?"

„Sie war vorhin bei mir und hatte die Einladung ausgesprochen."

„Ah," meinte Oma Thiel, „und was würde Else davon halten?"

„Wieso, Else ist doch gar nicht da. Wenn es nach ihr gehen würde, wäre ich schon verhungert."

Werner schaute auf die Uhr und sagte:

„Na, dann eben nicht. Ich bin dann mal weg.

Tschüss mein Schatz." Dabei gab er seiner Frau einen Kuss auf die Wange.

Beim Rausgehen legte er seinem Freund die Hand auf dessen Schulter und sagte leise: „Mach keinen Scheiß."
Dann war er weg.
Heinz rief noch hinterher: „Nach dem Essen kann ich noch nachkommen.
Dann sehe ich noch die zweite Halbzeit."
Werner war aber schon draußen und lief schnell zu seinem Auto.
„Jetzt ist Werner sauer, oder?"
„Der kriegt sich schon wieder ein. Du weißt ja, wie er ist."
„Sage mal, kennst du die Uschi eigentlich besser?"
Oma Thiel versuchte Heinz ein bisschen auszuhorchen.
„Nee, nicht so genau. Ich weiß nur, dass sie Geschäfte mit der Glaskugel macht. Einmal war er dabei. War aber langweilig und verstanden habe ich soundso nichts."
„So, so," meinte Elfriede, sagte aber sonst nichts weiter.

Uschi hatte alles perfekt vorbereitet.

Essen stand im Backofen, damit es warm bleibt.

Dem Essen hatte sie Valium beigemischt. Die Beruhigungstablette hatte sie im Rotkohl aufgelöst, da schmeckt man es nicht raus.

Es klingelte.

„Oh, schön, dass du da bist, ha, ha," trällerte Uschi.

„Danke für die Einladung.

Für Blumen war es etwas kurzfristig, deshalb habe ich dir eine Salami und eine Flasche Korn mitgebracht. Den können wir nach dem Essen wegbechern."

„Ha, ha, wie originell." Sie nahm ihm die Gastgeschenke ab und bat ihn herein.

„Schuhe kannst du anbehalten." Das gehörte zu ihrem Plan.

Er zog seine warme Jacke aus und setzte sich an den Esszimmertisch.

Uschi ging in die Küche und rief:

„Machst du schon mal den Rotwein auf?"

„Rotwein? Hast du kein Bier?

Der ist immer so schwer, und macht mich immer so tüttelig."

Uschi dachte leise:

,*Das ist mein Plan, du Vollhonk.*'
Sagte aber: „Zum Essen Rotwein,
danach Bier und Korn, einverstanden?"
Heinz passte das mit dem Rotwein nicht,
meinte aber: „Du bist der Boss." Schon
knallte der Korken.
Heinz schenkte direkt ein.
„Moment," meinte Uschi, „sachte, der
Wein muss erst atmen." Dabei legte sie
behutsam ihre Hand auf den Arm von
Heinz.
„Wieso atmen? Ich dachte, du wolltest
ihn trinken?"
Dann goss er den Wein randvoll ins Glas.
Uschi verdrehte die Augen.
Sie stellte das Essen auf den Tisch und
es duftete. Heinz wollte sofort loslegen,
da erhob Uschi ihr Glas.
„Auf einen schönen Abend."
Heinz dachte: ,*Wieso Abend, nach dem
Essen fahre ich zu Werner, die zweite
Halbzeit gucken,*' sagte aber: Zum
Wohl." Sie stießen an. Dann haute Heinz
rein, als wenn er seit Tagen nichts zu
essen bekommen hätte. Zwischendurch
versuchte Uschi immer wieder mit dem
Wein anzustoßen, was Heinz gar nicht
gefiel.

„Ich will nicht so viel trinken, will mir noch die zweite Halbzeit mit Werner im Fernsehen anschauen."

Uschi verschluckte sich.

Heinz schlug ihr auf den Rücken. Ein bisschen zu hart. Ihre Brille flog aufs Essen.

Sie nahm sie wieder runter und meinte: „Das kannst du doch auch hier gucken, warte, ich stelle den Fernseher mal an. Ich liebe Fußball, weißt du. Wenn du heute nicht gekommen wärst, hätte ich trotzdem geguckt."

„Ach wirklich?"

Heinz war begeistert.

Innerlich dachte sie:

‚ich hasse nichts mehr als diesen scheiß Fußball.

22 Leute jagen einem Ball hinterher.'

Sie stand auf und stellte auf das erste Programm.

Als er mit dem Essen fertig war, legte er sich auf die Couch, bekam sein Bier und seinen Korn im Wasserglas und konzentrierte sich nur auf das Spiel.

Uschi räumte alles weg. Zerkleinerte noch eine Valium Tablette und mischte sie in das Bier.

,Der müsste bald müde werden und nach dem Spiel frage ich ihn, ob er vor der Scheune mit mir eine Zigarette raucht.
Dann setzen wir uns auf den Strohballen, weil es auf der Bank zu zügig ist, und labere ihn zu, bis er einschläft.
Danach brauche ich nur noch seine Zigarre nehmen und das Stroh anzünden. Ich gehe wieder gemütlich zur Wohnung und lege mich schlafen, und morgen früh gibt es keinen Heinz mehr.
Dann ist er nämlich abgefackelt.
Ist das ein schöner Tag.'

*H*eimweh

Else hatte Heimweh. Sie gab es aber nicht zu. Sie dachte: ,Heinz macht nicht mal Anstalten, mich zu finden. Ich muss da nochmal hin.

*Und wenn sie wieder so fröhlich sind,
wie beim letzten Mal, verschwinde ich
für immer.
Jawohl, ich wandere dann aus, nach
Mallorca. Da werde ich schon Arbeit
finden, mit meinem Aussehen. Ha, du
wirst schon sehen. Diesmal fahre ich
aber mit dem Taxi. Heiner muss es nicht
mitbekommen.'*

Heiner erzählte sie, dass sie bei einer
Freundin eingeladen sei und er sie nicht
fahren muss. Sie fährt mit dem Taxi.
Kurz vor der Residenz, ließ sie sich
absetzten. Und wieder einmal schlich sie
wie eine Einbrecherin auf das Gelände.
Als erstes ging sie zu dem Haus, in dem
sie mal gewohnt hatte.
Es war alles dunkel. Keiner zu Hause.

*,War ja klar, er hing wieder bei Elfriede
und Werner und dann lachen sie über
mich.'*

Sie schlich zum Haus ihrer Freundin.
Durchs Fenster sah sie nur Elfriede. Sie
hatte ein Gläschen Sekt vor sich und
schaute einen Krimi.
Werner war nicht zu sehen.
Auch Heinz nicht. *,Vielleicht sind sie
zusammen weggefahren, aber wohin?'*

Else schaute wehmütig durchs Fenster. Wie gern wurde sie neben ihrer Freundin sitzen und zusammen lachen, oder nur Fernsehen. Elfriede fehlte ihr.

Ob sie einfach klingeln sollte?

Sie zögerte.

Dann klopfte sie leise ans Fenster.

Vor Schreck schwappte Elfriedes Getränk über, als sie gerade trinken wollte.

Sie hatte sich erschrocken. Sie schaute zum Fenster, aber da war alles schwarz. Sie stellte das Glas wieder ab und sah weiter fern.

Klopf, klopf.

‚Also doch. Ich habe mich nicht geirrt.'

Sie stand auf und ging zum Fenster. Räumte die zwei Blumentöpfe weg und öffnete das Fenster. Nichts.

Die Nacht war schwarz. Nur an der Scheune brannte eine kleine Lampe.

„Ich bin hier unten," kam es von Else in einem Flüsterton.

Oma Thiel schaute nach unten. Da hockte etwas zusammengekauert.

„Else, bist du das?"

„Pssst, nicht so laut. Bist du allein?"

Jetzt flüsterte auch Oma Thiel.

„Ja, aber komm doch rein, wenn es geht durch die Tür und nicht durchs Fenster, ist einfacher. Dann trinken wir einen Ramazotti zusammen. Hast du Lust?"

Das ließ sich Else nicht zweimal sagen.

Oma Thiel grinste, weil sie wusste, dass Else einem Ramazotti nicht widerstehen kann.

Als die Tür geöffnet wurde, huschte Else rein.

„Wie geht's dir, Else? Schön dich zu sehen. Komm erst einmal rein, du zitterst ja.

Ich schenke uns erst einmal einen Ramazotti ein und dann mache ich noch einen Tee für dich."

Dankbar ging Else in die Stube.

„Kannst du die Rollläden runtermachen, damit

man hier nicht so reinschauen kann?

Ich will nicht, das mich einer sieht."

Oma Thiel ließ alles runter. Sie war nur heilfroh, da ihre Freundin jetzt da war, und wollte sie nicht wieder hergeben.

Sie schenkte jedem einen großzügigen Ramazzotti ein. Als sie getrunken hatte, fragte Else:

„Wo ist denn Werner?"

„Der ist in seine Suite gefahren, um Fußball zu gucken. Ich wollte lieber diesen Film sehen."

Else setzte ihren Tee an und schlürfte einen Schluck.

So ganz nebenbei meinte sie:

„Ah, ist der heiß, tut aber gut.

Dass die Männer immer Fußball gucken müssen. Wann kommen sie denn zurück? Ich möchte bis dahin wieder weg sein."

„Warte mal," sagte Elfriede und schaltete den Fernseher um. „Die zweite Halbzeit hat gerade begonnen. Mit der Fahrt, so ungefähr eine Stunde, dann müsste Werner hier sein."

„Werner? Ist Heinz nicht bei ihm Fußball gucken?" Sie trank noch einen Schluck Tee.

Oma Thiel wurde rot, puterrot.

„Äh, diesmal nicht.

Heinz macht irgendetwas anderes.

Noch einen Ramazzotti?"

Elfriede wollte ablenken, es gelang ihr aber nicht.

„Etwas anderes als Fußball gucken?"

Was hat er denn so Wichtiges, dass er auf Fußball verzichtet?"

Oma Thiel kam aus der Sache nicht mehr raus. Sie musste Else die Wahrheit sagen.

„Ja, äh, er wollte zur Uschi und sich die Karten legen lassen, um zu fragen, wann du wieder kommst?"

‚Ein bisschen darf man ja flunkern,' dachte Elfriede.

„Bei Uschi, die blöde Schnepfe. Von wegen Karten legen. Der will sie flachlegen, der Bastard."

Mit diesen Worten erhob sich Else. Oma Thiel wurde nervös.

‚Es kann doch nicht sein.

Das ich innerhalb von zehn Minuten meine Freundin wieder habe und sie sogleich wieder verschwindet.'

Elfriedes Gedanken kreisten in ihrem Kopf.

Dann hatte Oma Thiel eine Idee.

„Pass mal auf Else, wir ziehen uns warm an und dann schleichen wir zusammen zu der Uschi rüber und gucken ganz einfach, was die machen.

Vielleicht ist es harmlos und er lässt sich wirklich nur die Karten legen." Oma Thiel wusste, dass er das mit Sicherheit nicht macht.

Aber vielleicht ist er so schlau und tut nichts Unvernünftiges.

Else schaute ihre Freundin an und meinte: „Genau, dann erwischen wir ihn in Flagranti."

Die beiden Frauen tranken noch einen Ramazzotti und machten sich auf den Weg.

Sie kicherten sogar, weil sie etwas Verbotenes machten, andere Leute zu belauschen.

An einem Fenster hatten sie Glück. Die Gardine war nicht ganz zugezogen und sie sahen hindurch. Gottseidank war das Fenster auf Kipp.

Heinz lag ganz entspannt auf der Couch und guckte sein geliebtes Fußballspiel. Dabei trank er ein Bier und neben ihm stand eine halbe Flasche Korn.

Else schaute ihre Freundin an und flüsterte:

„Das kann doch jetzt nicht wahr sein. Der liegt bei ihr schon auf dem Sofa und sie räumt Geschirr weg. Wie ein altes Ehepaar.

Na warte, den werde ich....."

„Psst, warte doch mal ab. Bisher ist noch nichts passiert.

Das Spiel ist gleich Schluss, mal sehen was dann passiert, okay?"

Else nickte und zitterte.

Heinz versuchte aufzusehen. Er war schwerfällig.

Else flüsterte: „Der ist voll wie ein Eimer."

„Ja, ich sehe es."

Uschi half Heinz auf die Beine. Er schwankte.

„Mir ist schlecht, ich muss gleich kotzen," leierte Heinz Uschi zu.

‚Das hat mir gerade noch gefehlt,‘ dachte Uschi.

„Nun komm schon, wir gehen noch eine rauchen, dann bringe ich dich ins Bett."

Else schaute Elfriede an: „Rauchen? Heinz raucht doch gar nicht."

„Nee, sagen wir mal so, er hat aufgehört.

Aber ob er das in seinem Zustand noch mitkriegt, ist fraglich."

Heinz saß jetzt auf der Couch.

Uschi ging zum Esszimmer- tisch, drückte eine Tablette aus und tat sie in das Bier.

Dann nahm sie eine Zigarette und die restliche Schachtel mit den Zigarren,

steckte sie in die Tasche und half Heinz
hoch.

„Hast du das gesehen, die hat Heinz was
in das Bier getan."

Else schaute ihre Freundin an. „Was hat
die vor?"

Bevor die Tür aufging, huschten die
beiden Frauen zurück. Um aber zu
sehen, ob sie ihn wirklich nach Hause
bringt, versteckten sie sich schnell in der
Scheune.

Volltrunken torkelten die beiden
Richtung Scheune.

„Mist," flüsterte Oma Thiel, „die
kommen direkt auf uns zu. Schnell
hinter die großen Heuballen."

Die beiden machten, dass sie weiter
nach hinten in die Scheune kamen.

Heinz wollte sich auf die Bank setzten.
Er konnte nicht mehr laufen.

Uschi schob ihn aber in die Scheune.

Dort hatte sie vorher einen Heuballen
hingestellt, um darauf zu sitzen.

„Komm, wir gehen ein bisschen rein, da ist es nicht so kalt." Heinz gehorchte. Er ließ sich auf den Ballen plumpsen.

Dann gab sie Heinz das Bier, in das sie vorher eine Tablette gedrückt hatte.

Nahm selbst eine kleine Flasche Wasser und stieß mit Heinz an.

„Prost, auf deine Else."

Heinz hörte nur das Wort Else, da fing er an zu weinen.

„Ich vermisse meine Else so sehr, weißt du.

Ich will sie heiraten und immer mit ihr zusammen sein, verstehst du?"

Uschi verdrehte die Augen.

„Ja, ja, das weiß ich.

Das hast du mir schon hundertmal erzählt.

Ich kann es schon nicht mehr hören.

Dann trinke jetzt endlich auf sie, komm, auf ex.

Sie stießen miteinander an und tranken.

Oma Thiel legte den Zeigefinger auf die Lippen, weil sie Else schniefen hörte. Sie weinte.

Uschi steckte sich eine Zigarette an und eine Zigarre für Heinz.

Bei der Zigarre hustete sie. „Hier, deine
Zigarre," meinte sie angewidert.
Heinz sagte noch: „Ich rauche nicht
mehr. Meine Else möchte das nicht, und
ich liebe sie doch, weißt du?"
Dann sackte er zur Seite, fiel neben den
Ballen und blieb liegen.
„Na endlich, hat ja eine Ewigkeit
gedauert. Der alte Sack, verrecken sollst
du und mich nie wieder bei meinen
Geschäften stören, hörst du?" Sie
sprach leise und voller Zorn.
Else wollte gerade aufstehen, aber
Elfriede hielt sie am Arm.
Uschi machte ihre Zigarette aus und
steckte sie ein. Die Zigarre aber legte sie
auf das Heu. Es fing sofort an zu
qualmen. Mit einem Grinsen im Gesicht
und voller
Zufriedenheit, sah sie in das kleine
Feuer, was sich sofort entfachte. Dann
machte sie sich schnell auf den Weg
zurück zur Wohnung, und überließ
Heinz seinem Schicksal.
Als sie weg war, kam Else sofort aus
ihrem Versteck und zog Heinz von dem
brennenden Ballen weg.

Oma Thiel kam mit einem Feuerlöscher
und setzte ihn geschickt ein. Im
Handumdrehen war das Feuer aus.
Vorsichtshalber nahm sie eine Heugabel
und schob den Ballen ins Freie.
Zwei Lichter erhellten den Vorplatz.
Werner kam nach Hause. Er sah seine
Frau:
„Was ist denn hier los?" Werner war
verwirrt.
„Erzählen wir dir später."
„Else? Was machst du denn hier?"
Werner war überrascht.
„Na, ich wohne hier, schon vergessen?
Hilf mir lieber mal. Heinz ist so schwer.
„Heinz? Wieso ist der auch hier? Ich
verstehe nur Bahnhof."
Zu dritt schafften sie es, Heinz in
Werners Auto zu ziehen. Oma Thiel
meinte:
„Ich erzähle dir alles, wenn du wieder da
bist. Bring Heinz schnell in die Klinik und
sage, dass er eine Vergiftung hat."
Dann fuhr Werner los, und brachte
seinen Freund ins Krankenhaus.
Else und Elfriede gingen zurück ins Haus
und Oma Thiel holte erst einmal ihren
Ramazzotti raus.

„Den brauchen wir jetzt erst einmal,"
meinte Elfriede.
Sie goss reichlich ein und dann tranken
beide einen großen Schluck.

DNA

Kurz nachdem Oma Thiel und Else sich
beruhigt hatten, meinte Elfriede:
„Du bleibst heute hier, du zitterst ja
immer noch."
Sie legte Else eine Decke um die
Schulter.
„Ich komme gleich wieder, will nur noch
mal nach dem Rechten sehen, bis
gleich."
Oma Thiel ging schnurstracks in die
Scheune und suchte mit einer
Taschenlampe, die sie mitgenommen
hatte, nach Spuren.
*Wer sagt's denn, hier haben wir ja den
Übeltäter.'*

Die Zigarre ist durch den Feuerlöscher ausgegangen. Es war nur noch ein Stumpen zu sehen. Vorsichtig wickelte sie den Rest von der Zigarre in ein Taschentuch.

Dann suchte sie in der Scheune weiter und siehe da, da lagen die restlichen Zigarren, extra so, dass sie jeder sehen konnte. Mit einem anderen Tuch wickelte sie die Schachtel ein. Dann schaute sie nach den Tieren, aber es war alles ruhig.

Oma Thiel dachte sich: ‚*Mal sehen, ob Uschi nicht doch ein schlechtes Gewissen hat.*‘

Also schlich sie nochmal zur Wohnung rüber, ganz leise. Es war alles dunkel. Bestimmt schlief sie schon.

Dann beeilte sich Oma Thiel wieder nach Hause zu kommen, um nach Else zu schauen. Nicht, dass sie nachher schon wieder weg ist.

Else hatte eine Kleenex Box und nahm immer zwei Tücher heraus, um kräftig hineinzuschnauben.

Elfriede war erleichtert, sie noch vorzufinden.

Mit verheulter Stimme fragte Else: „Wo warst du noch?"

„Ich habe noch die restlichen Zigarren und den Stummel von der Zigarre mitgenommen. Erinnerst du dich? Die hat Uschi im Mund gehabt, um sie anzuzünden."

„Ja und?"

„Na, ist doch logisch. Das ist der Beweis, dass sie den Brand gelegt hat.
Wahrscheinlich hatte sie die anderen Brände auch gelegt.
Damit haben wir ihre DNA.
Wir brauchen nur noch ihren Speichel, um den Vergleich zu haben. Dann sitzt sie in der Falle." Oma Thiel triumphierte.

„Und wie willst du darankommen?"
Else fand die Idee gut, aber wie sollen sie das anstellen.

„Spätentens morgen früh wird sie Verdacht schöpfen, wenn sie sieht, dass die Halle noch steht und Heinz weg ist."
Elfriede überlegte: „Da könnest du Recht haben, aber pass mal auf. Ich habe eine Idee."

Bevor sie aber reden konnten, kam Werner nach Hause.

Sofort stand Else auf: „UND?"

Werner zog seine Jacke aus, dann die Schuhe.

Else konnte es nicht abwarten, was mit ihrem Heinz ist.

„Nun lass dir doch nicht alles aus der Nase ziehen, was ist denn mit Heinz?"

Aber Werner war erst einmal erstaunt, wieso Else in seiner Wohnstube saß.

Bis Elfriede ein Machtwort rief: WERNER!"

„Ist ja schon gut. Also Heinz geht es nicht so gut. Er hat eine Vergiftung. Sie haben ihm den Magen ausgepumpt. Jetzt liegt er erst mal auf der Intensivstation. Er schläft. Sonst hätte ich ihm erzählt, wo wir ihn gefunden haben."

„Um Gottes Willen"!

Else schlug die Hände vors Gesicht.

Jetzt übernahm Oma Thiel das Wort.

„Nun mal langsam mit den alten Pferden. Wir holen uns alle was zu trinken und dann erzähle ich euch von meinem Plan."

*H*andwerk

Else ist spät am Abend noch in ihr Haus gegangen. Sie hatte Heiner noch angerufen und Bescheid gesagt, dass sie wieder zu Hause ist. Die Klamotten holt sie in den nächsten Tagen ab. Heiner freute sich, dass Else vernünftig geworden ist.

Am nächsten Morgen war Else erst einmal überrascht, wie sauber ihr Haus war.
Alles war picobello aufgeräumt. Sie grübelte: *‚Heinz ist schon ein Guter. Wenn auch manchmal ein bisschen tollpatschig.*
Er merkt viele Dinge gar nicht. Ich glaube nicht, dass er gemerkt hat, dass Uschi ihn nur weghaben wollte, um ihre krummen Geschäfte zu machen. Aber Elfriede ist mit Werner gleich drüben.

Da wollen sie Uschi mal aufs Korn nehmen.'
Else hielt sich bedeckt. Keiner sollte wissen, dass sie wieder zu Hause ist. Heute Nachmittag wollen dann alle Heinz besuchen.
Else bekam im Krankenhaus keine Auskunft, weil sie nicht verheiratet sind. Das muss geändert werden, garantiert.

Uschi wollte gerade gehen und sehen, was aus dem Stall und Heinz geworden ist.
Als sie die Tür öffnete, standen Elfriede und Werner vor der Tür.
Uschi überlegte: ,Ich denke mal, sie wollen mir jetzt die traurige Nachricht übermitteln, dass Heinz gestorben sei. Bei einem Brand.
Er muss mit seiner Zigarre auf dem Heuballen eingeschlafen sein, wie traurig, ha, ha.'
„Oh, Besuch," hauchte sie besonders freundlich.
Sie wusste, da ist noch Geld zu holen.

„Hallo liebe Uschi," säuselte Oma Thiel
überfreundlich.
„Es tut uns leid, dass wir so früh schon
stören, aber wir müssten dich dringend
sprechen. Es geht um viel Geld. Das
würden wir aber gerne persönlich mit
dir besprechen."
Uschi hörte nur das Wort GELD, schon
hellte sich ihr Gesicht für das
freundlichste aller Zeiten auf.
„Ach, kommt doch rein.
Das ist kein Problem.
Ich mache uns einen Kaffee."
Werner betrat mit seiner Frau die Stube.
Eine halb geöffnete Flasche Champagner
und eine halbe Flasche Rotwein glänzten
noch von gestern.
Es waren zwei Gläser Rotwein und ein
Glas vom Schampus zu sehen.
Elfriede dachte: ‚Die hat bestimmt
gestern auf ihren Erfolg angestoßen, die
blöde Schnepfe.'
Während Uschi schnell in die Küche
eilte, um die Kaffeemaschine zu starten,
nahm Werner geistesgegenwärtig das
Glas Champagner und steckte es ein.

Ganz vorsichtig in die Seiteninnentasche. Dann sah er zu, dass er rauskam.

„Huch, wo will denn dein Mann so schnell hin?" fragte Uschi erschrocken.

„Wir haben die Unterlagen von unserer Residenz Glückseligkeit vergessen.

Ich glaube, dass die vielleicht wichtig wären., wenn du uns sagen könntest, wie unsere Zukunft aussieht, verstehst du?"

Oma Thiel redete so galant, dass Uschi es nicht auffiel.

„Ach so, entschuldige bitte die Unordnung, aber ich hatte gestern noch Besuch."

Sie nahm die beiden halben Flaschen und die zwei Gläser und brachte sie in die Küche. Sie bemerkte gar nicht, dass ein Glas fehlte. Uschi war mit den Gedanken beim Geld.

Werner rannte zu Else, gab ihr das Glas und meinte. „Du hast jetzt alles. Mach was draus.

Wir halten sie drüben auf.
Pass auf dich auf Else, wir brauchen dich
noch. Mit dir ist es immer so spannend."
Dabei lachte er herzlich.
Else lachte auch.
Werner rannte in die Wohnung und
nahm die Papiere, die sie gestern schon
vorbereitet hatten und rannte zurück zu
Uschi.

Else telefonierte mit Heiner.
Der freute sich wie ein Schneekönig,
dass es mal wieder spannend wird, mit
Else.
Er meinte: „Ich habe einen
Sparringpartner, der ist bei der Polizei.
Der ist mir noch einen Gefallen schuldig.
Ich komme sofort, um dich abzuholen.
Sehe zu, dass du zur Straße läufst und
stecke die Sachen in einen
Papierumschlag, nicht in eine
Plastiktüte, dann kann man die Spuren
besser nachweisen." Else nickte.
Sie war aufgeregt.
„Hast du mich verstanden?"

Heiner fragte nochmal nach.
„Ja, natürlich, ich bin ja nicht
schwerhörig und blöd bin ich auch
nicht." Dann legten sie auf.
Eine halbe Stunde später fuhren sie
zusammen mit den Beweismitteln zu
Heiners Trainingspartner.

Als alle zusammensaßen, Werner hatte
sich beeilt, übernahm Oma Thiel das
Wort.
„Du hast ja sicher davon gehört, dass es
in der Scheune gebrannt hat."
Uschi spielte mit, und zwar sehr gut:
„Gebrannt, hier bei uns, nein, das darf
doch nicht wahr sein. Ist denn etwas
passiert?"
„Das Feuer konnte noch zeitig gelöscht
werden, es gibt einen Schwerverletzten.
Und wenn ich ehrlich bin, sieht es nicht
gut für ihn aus."
Oma Thiel wollte die Reaktion sehen,
wenn sie Uschi das erzählte.
Uschi war aber ganz souverän und
fragte: Überlebt denn der Herr?"

„Wieso Herr? Von einem Herrn haben
wir gar nicht gesprochen."
„Aber wenn es in der Scheune gebrannt
hat,
da arbeiten doch nur Herren, oder etwa
nicht?"
Uschi wurde nervös.
Werner schaltete sich ein, bevor noch
alles schief ging.
„Mädels, das ist doch jetzt egal, wir sind
hier, weil wir Angst haben, dass so
etwas überall passieren kann und wir
gerne unser ganzes Geld anderweitig
anlegen möchten.
Dazu brauchen wir aber erst einmal
einen Blick in deine Wunderkugel."
Uschi war erleichtert, dass das Thema
gewechselt wurde. Beinahe hätte sie
sich verraten. Sie muss vorsichtiger sein.
„Ja, Schatz du hast Recht. Hättest du
denn Zeit oder sollen wir ein anderes
Mal wiederkommen?"
Oma Thiel hatte wieder ihre liebevolle
Stimme angenommen.
Natürlich hatte sie Zeit.
Uschi räumte alles weg und holte ihre
Glaskugel.

Sie verdunkelte den Raum und starrte
auf die Kugel.

 „Ich konzentriere mich jetzt auf eure
Zukunft, bitte Ruhe."

*

*„Da, ich sehe dich Elfriede, och, du
weinst."*
Elfriede dachte: *‚Jetzt erzählt sie wieder
Schauermärchen.'*
„Da, Werner ist auch ganz deutlich zu
sehen."
Werner schaute seine Frau verwirrt an.
Elfriede legte den Zeigefinger auf die
Lippen.
„Du tröstest deine Frau. Moment, ich
sehe noch nicht genau warum ....
Momentchen noch......
Da, euer Haus, in Schutt und
Asche.......ihr habt alles verloren......nur
noch Qualm."
Werner sprang auf: „WAS?"
Elfriede beruhigte ihn: „Bleib ruhig
Werner, es ist doch noch nichts
passiert."

Uschi fand sich großartig.
Sie lehnte sich zurück und schloss die
Augen, oder besser gesagt, sie blinzelte
durch ihre Lider, um zu sehen, ob ihr
Zauber anschlug.

Heiner fuhr mit Else zu seinem Kumpel.
Else erzählte im Schnellverfahren, was
passiert war, und dass ihr Mann auf der
Intensivstation in Lebensgefahr sei.
Ein bisschen dramatisieren schadet
nicht.
Er fand das sehr interessant und glaubte
Else, so aufgeregt wie sie war. Heiner
glaubte ihr die Geschichte auch, sonst
hätte sie mit seinem Kumpel geflirtet.
Sie fuhren alle zum Polizeipräsidium, wo
im Schnellverfahren die DNA festgestellt
werden sollte.
Else wiederholte ihre Geschichte
nochmal, allerdings mit dem Nachdruck,
dass eventuell Elfriede und Werner in
Lebensgefahr schwebten.
Der Polizeibeamte fragte nach dem
vollständigen Namen der Person.

Else überlegte und meinte: „Ich glaube sie heißt Ursula König. Sie wohnt in der Wohnung, wo dieser Mörder Hugo Haas gewohnt hatte. Der ist jetzt im Gefängnis."

„Moment mal, ich schaue mal eben im PC. Da haben wir sie sie schon. Ach interessant, es laufen mehrere Anzeigen gegen die Dame, wegen Betruges.

Er druckte ein Bild aus, zeigte es Else, sie nickte nur noch. Else hatte Angst, hatte einfach nur Angst.

Sie zitterte. Heiner nahm sie in den Arm.

Das Telefon läutete. Der Polizeibeamte antwortete:

„Dann können wir jetzt einen Haftbefehl erlassen," und legte auf.

„Wagen 54,56,45 fertig machen. Wir haben zu tun.

Es ging alles ziemlich schnell.

Heiner fuhr mit seinem Wagen und Else, als zweites mit vorweg.

Die Polizeiwagen fuhren alle mit Blaulicht.

Oma Thiel dachte:

‚Diese Frau ist so gerissen. Wenn wir das nicht mit eigenen Augen gesehen hätten……‘

Uschi riss Elfriede aus ihren Gedanken.

„Also, ich würde an ihrer Stelle eine Art Versicherung abschließen."

Werner sagte aufgeregt:

„Wir haben Gottseidank eine Versicherung. Dann haben wir alles richtig gemacht."

„Nein, nein, nicht so eine Versicherung. Ich kenne da zufällig einen Fachmann in meinem Bekanntenkreis.

Der würde euer Geld traden.

Das ist so eine Art Wertpapier- Forum. Sie beleihen ihre Residenz und evtl. noch ihr Haus. Es muss sich ja lohnen, ha, ha. Dann gebt ihr dem Herrn das Geld. Natürlich ist es abgesichert. Er legt es an, z.B. bei einer Bank und ihr Geld verfünffacht sich in einem Jahr. Damit seid ihr auf der sicheren Seite.

Ganz einfach."

Oma Thiel wurde nervös.

‚Wo bleibt nur Else‘

Werner merkte die Nervosität seiner Frau und übernahm das Wort.

„Uschi, du bist klasse."
Elfriede schaute ihren Mann überrascht
an.
„Ich habe mal davon gehört, und das ist
eine super Sache."
Uschi war zufrieden mit ihrer Leistung.
Wieder mal hatte sie alles richtig
gemacht.
Werner meinte: „Dann brauchen wir die
Unterlagen jetzt gar nicht
durchzuschauen, ich mache es gleich
drüben. Wir werden nicht nur die
Residenz beleihen, sondern auch unser
abbezahltes Haus.
Dann habe ich noch eine Menge
Bargeld, das würde ich gerne
dazugeben.
Für ein Jahr so viel Rendite, da lohnt es
sich wenigstens."
Werner erhob sich, Oma Thiel tat es ihm
gleich.
Sie verabschiedeten sich, und Werner
meinte noch:
„Ich komme dann gleich nochmal rüber
und sage dir die genauen Zahlen, gell?"
„Ja super, so machen wir es, dann bis
gleich mal."

Die beiden verabschiedeten sich von
Uschi und sahen zu, dass sie rauskamen.

*

Sie waren gerade kurz vor ihrem Haus,
da fuhr ein Auto auf den Hof.
Else stieg aus und lief im Eilschritt zu
den Beiden. Heiner machte kehrt und
parkte vor dem Hof.
„Und, hat alles funktioniert?" fragte
Elfriede ihre Freundin.
„Ja, die Polizei hat sich verteilt. Diese
Uschi ist übrigens bewaffnet."
„Was?" rief Oma Thiel.
„Bin ich froh, dass ich da raus bin."
„Die Polizei meinte, wenn wir sie da
rausholen könnten, wäre der Zugriff
leichter."
Heiner kam angelaufen.
„Kann ich helfen?"
Alle schauten ihn an.
Werner schaltete als erster.
„Ja sie erwartet mich soundso nochmal,
weil sie wissen will, wieviel Geld ich bei
ihr anlegen will.

Dich nehme ich mit und stell dich als Neukunden vor.
Kannst du sie handlungsunfähig machen?"
„Nichts leichter als das." Heiner grinste.
Die Frauen gingen ins Haus und Werner mit Heiner zu Uschi. Aus dem Augenwinkel sah er die Polizei, die sich überall versteckte.

Uschi war mit sich zufrieden. Alles funktionierte wie am Schnürchen.
Jetzt, wo Heinz sie nicht mehr stört, lief alles wie geschnitten Brot. Es klingelte.
Gut gelaunt öffnete sie die Tür.
„Oh hallo Werner, du bist ja schneller als der Blitz. Wen hast du denn da?"
„Hallo Uschi, ja du hast Recht, wir wollen ja keine unnötige Zeit verstreichen lassen, oder? Das ist ein Neukunde, wenn du willst?"
Heiner setzte sein schönstes Lächeln auf und zeigte seine weißen Zähne.
„Hallo schöne Frau, wenn ich gewusst hätte,

dass mir so eine galante Frau gegenübersteht, hätte ich mir was anderes angezogen."

„Ach was, das geht schon, nun kommen sie doch rein.

Wie war noch gleich der Name?"

Heiner drückte sich an Werner vorbei und trat auf Uschi zu. Dabei reichte er ihr die Hand.

„Oh, wie ungeschickt von mir, mein Name ist………"

Dann ging alles schnell.

Mit einem Griff legte Heiner Uschi fest in seinen Griff und es gab kein Entkommen mehr.

„Was soll das," rief Uschi und versuchte aus dem Griff herauszukommen.

Werner sah zu, dass er wegkam. So viel Aufregung war nichts mehr für ihn.

Polizei rannte an ihm vorbei und stürmten das Gebäude.

Heiner übergab Uschi an die Polizei.

Als Uschi in Handschellen abgeführt wurde, warf sie einen Blick in die Scheune.

Sie sah aus wie immer, nur ein Heuballen lag davor, in dem ein kleines schwarzes Loch zu sehen war.

Damit wusste sie, dass ihre Schwindeleien aufgeflogen waren.
Die Männer tranken auf den Schreck erst einmal zwei Bier und die Mädels zwei Sekt.
Dann meinte Else:
„So, und jetzt möchte ich gerne zu meinem zukünftigen Mann und ihn um Verzeihung bitten.
Dann stießen sie an.

Puzzle

Am späten Nachmittag fuhren alle zufrieden ins Krankenhaus. Nach telefonischer Erkundigung nach dem Befinden von Heinz, haben alle erfahren, dass er von der Intensivstation verlegt wurde und jetzt auf einem normalen Zimmer liegt.
Als sie an die Tür des Krankenzimmers klopften, kam ein mürrisches: „Herein."
Als erstes betraten Werner und Elfriede das Zimmer.

Else hielt sich noch zurück.

Man wollte ihm schonend beibringen, was passiert ist und nicht mit der Tür ins Haus fallen.

Das erste, das Heinz fragte: „Wisst ihr, warum ich hier rumliegen soll? Ich bin doch gesund, was soll der Scheiß."

„Nun beruhige dich doch mal," meinte Oma Thiel besorgt und stellte das frische Obst, das sie gekauft hatte in einer kleinen Schale auf den Nachtschrank.

Werner sagte: „An was kannst du dich denn als letztes erinnern?"

„Das ich bei Uschi war und zu Mittag gegessen hatte.

Das Essen hat mir aber nicht sonderlich geschmeckt, das hatte ich auch zum Ausdruck gebracht. Dazu musste ich auch noch einen schweren Rotwein trinken. Bäh, war der widerlich, sage ich euch.

Dann war mir nicht so gut. Ich wurde so müde und hatte Bauchweh vom Essen, denke ich. Sie hat mir dann ein warmes Bier gegeben.

Sie meinte, das hilft gegen die Schmerzen. Es lief Fußball.

Aber ich kann dir nicht mehr sagen, wie das Spiel ausgegangen ist.

Dann bin ich eingeschlafen und hier im Krankenhaus wieder aufgewacht."

„Na ja," meinte Elfriede, „das kommt etwa so hin. Weißt du noch von der Scheune?"

„Scheune, nö, wieso Scheune?"

„Ok, dann erzählen wir dir mal, was passiert ist," meinte Oma Thiel.

Zwanzig Minuten später war Heinz unterrichtet.

Er freute sich, dass seine Else dazu beigetragen hat.

„Ist sie jetzt wieder weg?"

Heinz war traurig.

„Moment," sagte Oma Thiel.

Sie ging zur Tür und holte Else rein.

Schüchtern, so gar nicht Else, betrat sie das Krankenzimmer und fing sofort an zu weinen, als sie Heinz sah.

Werner und Elfriede sahen sich an und verabschiedeten sich bei den Beiden.

„Wir lassen euch mal allein und gehen in die Kantine.

Wenn du fertig bist, kommst du einfach dahin. Wir nehmen dich dann wieder mit zurück."

Else setzte sich auf das Bett und hielt die Hand von Heinz.

Er war aufgeregt. Sein Herz klopfte wild.

„Es tut mir leid, dass ich so blöd war," meinte Else.

Heinz hatte das Gefühl sich verhört zu haben. Else hat sich entschuldigt?

Aber er meinte: „Mir tut es auch leid, dass ich dich so vernachlässigt habe."

Dann nahmen sich beide in die Arme und gaben sich einen Kuss.

Else meinte: „Ich habe dir was mitgebracht, ein Puzzle."

Heinz wusste nicht, was das ist, meinte aber: „Oh, wie schön."

Er packte das Geschenk aus und sah lauter Pappteile.

Erwartungsvoll sah Else ihren Heinz an und fragte:

„Und, was sagst du?"

„Das Teil ist ja kaputt."

„Nein, das ist nicht kaputt, das sind alles einzelne Teile, die musst du richtig zusammensetzten.

Und wenn es fertig ist, kommt ein schönes Bild raus."

Während sie Heinz erklärte, was ein Puzzle ist,

strich sie ihrem Zukünftigen über die Hand. Das dieses Puzzle eine Botschaft ist, verriet sie nicht. Das soll er selbst rausbekommen.

Ein trockenes: „Aha," war alles, was er noch rausbrachte. Dann legte er das Puzzle weg und hielt die Hand von Else. „Kommst du denn wieder nach Hause?" In seiner Frage schwankte ein kleines bisschen Hoffnung.

„Wieso, ich bin doch schon wieder daheim, jetzt fehlst nur noch du. Dann sind wir wieder komplett."

Sie grinste, als sie das sagte.

Heinz strahlte: „Ich liebe dich!"

„Das will ich doch hoffen," gab sie zur Antwort. Else war sehr sparsam mit solchen innigen Botschaften.

Dann verabschiedeten sie sich liebevoll. Else versprach morgen wieder zu kommen.

Es klopfte. Elfriede schaute nochmal rein und meinte: „Na, ihr Turteltauben. Wir müssen langsam los.

Übrigens, in zwei Tagen darfst du wieder nach Hause Heinz. Die wollen noch ein paar Untersuchungen machen, wo du schon mal da bist."

Heinz freute sich über diese erfreuliche Nachricht.

Dann war er wieder allein.

Er nahm sich das Puzzle und meinte: „Das schauen wir uns das mal in Ruhe an.

Wäre gelacht, wenn ich das nicht zusammenbasteln kann."

*W*ieder vereint

Am nächsten Tag war es das Gesprächsthema.

Uschi ist eine Betrügerin.

Sie hatte vor lauter Angst ein komplettes Geständnis abgelegt.

Insgesamt ist sie für 14 Brände angezeigt.

Betrug im Falle von Zukunftsdeutungen durch ihre Glaskugel in 26 Fällen. Der Betrag von 3.256.728 Euro sind da zusammengekommen.

Sie ist die Cousine von Hugo Haas, der ja schon im Gefängnis ist und der die Kontakte aus der Haft, Uschi zukommen lassen hat.

Oma Thiel hatte auf dem Hof zu einem Umtrunk gebeten und mit Else einen kleinen Glühweinstand errichtet.

Sie beruhigte die alten Leute und meinte, dass jeder, der betrogen wurde, sich doch noch bei der Polizei melden sollte. Als alle zusammen- standen, fuhr ein Taxi vor. Alle staunten nicht schlecht, als Heinz aus dem Taxi stieg.

„Heinz," rief Else aufgeregt.

„Wieso bist du denn schon draußen? Du solltest doch zwei Tage drinbleiben."

„Ich wollte zu euch, vor allem zu dir, mein Schatz. Ich habe es nicht mehr ausgehalten."

Alle begrüßten Heinz, weil sie ja von der Sache mit der Scheune gehört hatten.

Ole will jetzt ein anständiges Tor mit einem Schloss anbringen. Das wird abends immer abgeschlossen, das ist sicherer.

Heinz war noch ein bisschen geschwächt und ging zeitig ins Haus, um sich auszuruhen. Else folgte ihm.

Oma Thiel meinte zu ihrem Mann: „In zwei Tagen ist Weihnachten. Hast du deine Geschenke alle zusammen?"
Werner grinste: „Na klar mein Liebling, alles schon erledigt.
Wollen wir Weihnachten mit der Familie verbringen, oder unseren Freunden?"
Elfriede machte ein nachdenkliches Gesicht.
„Ich denke, Heiligabend ist jeder für sich. Erster Weihnachtstag Familie und zweiter dann Freunde?"
„Sehr gut," meinte Oma Thiel, „so machen wir das. Sylvester sind wir alle zusammen,
wenn die große Party steigt, zur Hochzeit von Else und Heinz. Das wissen sie nur noch nicht."
Am 30.12.22 soll die Trauung sein, und Sylvester wird dann mit allen gefeiert. Das ist dann das Weihnachtsgeschenk für die Beiden. Beide klatschten sich dabei ab.

*H*ochzeit 2.0

Weihnachten ist so schnell vorbei, der pure Wahnsinn.
Else hatte Heinz ein Puzzle geschenkt, das er zusammenbauen sollte.
Das Puzzle enthielt ein Bild von Else und Heinz, und einen Text, mit den Worten:

Willst du mich heiraten?

Da Heinz es aber mit Gewalt zusammengebaut hat und auch noch einen Kleber benutzt hatte,
sah Else aus wie ein halber Mann, Heinz hatte eine Hasenscharte und nur ein Bein. Das andere hing im Himmel.
Der Satz klang auch etwas anders.

Du hei? Mich willst in raten.

Das *in* hat er mit Kuli dazugeschrieben.

So ist er eben unser Heinz. Deshalb hat
er am Heiligen Abend 50 langstielige
Rosen gekauft. Einen großartigen Ring
mit einem kleinen Diamanten.
(Elfriede hatte beim Aussuchen
geholfen). Er kniete nieder und fragte:
„Du Else, ich habe da mal eine Frage."
„Ja bitte." Dabei zitterte sie am ganzen
Leib, weil sie wusste, was kommt.
„Willst du mich für immer? Für den Rest
unseres Lebens?
Else, willst du meine Frau werden?"
Else konnte gar nicht antworten, weil sie
so weinte.
„Wenn es geht," keuchte Heinz, „heute
noch bitte eine Antwort. Ich kann nicht
mehr knien."
„Ja, ich will, weil ich dich liebe!"
Dann half sie Heinz wieder auf die
Beine. Heinz schmunzelte und sagte:
„Das ist das erste Mal, dass du mir sagst,
dass du mich liebst."
Dann nahm er sie zärtlich in die Arme
und küsste sie.

Die Vorbereitungen auf dem Hof liefen in vollem Gange.

Es wurden große weiße Zelte aufgebaut.

Standheizungen gaben die nötige Wärme.

Ganz viele Leuchtstäbe in Rot, die Sylvester geknickt werden.

Überall wurde mit weißen und roten Rosen dekoriert. Es war ein Traum.

Auch die langen Tische, mit der schönen Dekoration, einfach nur schön.

Am 30.12.2022 war die standesamtliche Trauung.

An dem Tag waren nur die engsten Freunde, wie

Werner und Elfriede, die sogleich die Trauzeugen waren, offiziell eingeladen.

Die große Feier sollte erst einen Tag später stattfinden.

Da wird dann noch mal richtig geheiratet.

Ein Bekannter, der Priester ist, macht das gerne, hatte er gesagt. Kein Problem.

Das wird dann die Hochzeit:

⨍ zwei – Punkt -Null ⨍

Warum, ist ganz einfach zu beschreiben:
Zwei- weil sie zu zweit sind. **Punkt** - weil
da gibt es nichts mehr dran zu rütteln.
Und **Null:** weil sie keine Kinder mehr
wollen.
Natürlich nicht.
Jeder der Beiden hatte einen Wunsch
frei.
Else suchte sich aus, wie es beim
Standesamt auszusehen hat und Heinz
durfte dann am Sylvester Tag
bestimmen.
Nun war der 30.Dezember gekommen.
Während Elfriede sich noch aufhübschte
und in den Spiegel sah, fing der mit
einem Mal an zu zittern.
Sie dachte sich: ‚*Huch, was ist denn jetzt
los, haben wir ein Erdbeben?'*
Aber nein, Else hatte sich gewünscht, als
Rockerbraut zum Standesamt zu fahren.
Reinhild hatte ihr geholfen einen
weißen Lederanzug zu besorgen.
Na ja, so ganz weiß war er nun auch
nicht, eher cremefarben.
Darauf waren verschiedene Blumen
abgesetzt, wie aus den 50ziger Jahren.
Flower-Power eben.

Auch einen weißen Jet Helm trug sie dazu.

Heinz war in schwarzem Leder gekleidet.

Auf dem Hof, vor der Residenz Sonnenschein, versammelten sich etwa zwanzig Harley Fahrer. Teilweise allein auf den dicken Maschinen, teils mit Sozius.

Heinz hatte das Motorrad von Else noch richtig schön geputzt.

Sie glänzte wie ein Baby Popo.

Werner und Oma Thiel liefen sofort raus und begrüßten alle.

Die zwei fuhren mit dem Auto vor und der ganze Pulk von Motorrädern hinterher.

Als erstes Else. Ja ihr habt richtig gelesen, Else fuhr und Heinz saß hinten drauf.

Als sie direkt vor dem Standesamt hielten, wollte gerade eine Politesse kommen und Strafzettel schreiben.

Als sie aber die finsteren Gestalten sah und so viele, meinte diese nur: „Ich drücke da mal ein Auge zu," und verschwand.

Die Tür des Standesamtes musste aufbleiben, damit auch alle mitbekamen, das die Zwei endlich heiraten.

Auch der Standesbeamte dachte nur mit Staunen:

`In diesem Alter,` sagte aber lieber nichts. Die Typen sahen nicht so aus, als könnten sie Spaß vertragen.

Als er dann die entscheidende Frage stellte und Beide mit Ja antworteten, meinte der Beamte: „Sie dürfen die Braut jetzt küssen."

Dann gab es ein Gejubel.

Ein Gegröle und ein Pfeifen waren zu hören.

Als sich Else und Heinz zur Gruppe umdrehten, ploppten sämtliche Bierflaschen.

Alle, auch Werner und Oma Thiel machten mit.

Den Sekt ließ Elfriede lieber in der Tasche.

Auch ich, die ja selbst Motorrad fährt, war dabei.

Der Beamte schaute zur Uhr und meinte:

„Aber meine Herren, dass stinkt ja hier wie in der Kneipe. Ich habe gleich eine nächste Hochzeit."

Sogar dafür hatten sie Verständnis und gingen zusammen nach unten. Als alle ihre Maschinen anließen, drehten sie nochmal am Gashahn und fuhren wieder zurück. Als Nummernschild hatten die Jungs:

JUST Married

angeschraubt.

Jetzt fuhr allerdings Heinz und Else saß hintendrauf. Sie meinte:

„Wir respektieren uns jetzt beide und achten auf uns."

Heinz war der glücklichste Mensch.

Die Clique fuhr die Frischvermählten noch zurück und verabschiedeten sich. Sie wurden eh alle morgen wieder dabei sein. Wollen dann aber mit Taxen kommen. Weil sie etwas trinken wollen.

Der 31.Dezember

Auf diese Feier waren alle eingeladen. Ob alt oder jung. Krank oder bekloppt. Familie, ja auch die Kinder von Oma Thiel kamen.

Sogar aus Mallorca und der USA wurde
angereist. Es sind alle gekommen, um
das große Fest zu feiern.
Um eine Minute vor zwölf nahm Else
das Mikrofon und hielt eine kurze
Ansprache:
„Danke, dass ihr alle gekommen seid, es
bedeutet uns sehr viel und ich kann
euch gar nicht sagen wie ich diesen
Matschmann liebe."
Alle überlegten, was Else wohl gemeint
haben könnte.
Da sprang ich ein und sagte kurz durch
Mikrophon:
„Sie meinte nicht Matschmann,
sondern:
„Macho man."
Alle lachten und dann zählten sie runter:
10, 9, 8, 7, 6, 5, 4, 3, 2,1,
Prost Neujahr